莎士比亚全集·中文本（典藏版）
William Shakespeare: Complete Works

［英］威廉·莎士比亚（William Shakespeare） 著
辜正坤 主编／彭发胜 译

辛白林

The Tragedy of Cymbeline

外语教学与研究出版社
北京

京权图字：01-2016-5018

图书在版编目 (CIP) 数据

辛白林／（英）威廉·莎士比亚（William Shakespeare）著；彭发胜译.
北京：外语教学与研究出版社，2024.6. ——（莎士比亚全集／辜正坤主编）.
ISBN 978-7-5213-5347-1

I. I561.33

中国国家版本馆 CIP 数据核字第 2024HM9463 号

辛白林

XINBAILIN

出 版 人　王　芳
项目负责　邢印姝　郭芮萱
责任编辑　李亚琦
责任校对　郭芮萱
封面设计　张　潇
出版发行　外语教学与研究出版社
社　　址　北京市西三环北路 19 号（100089）
网　　址　https://www.fltrp.com
印　　刷　三河市北燕印装有限公司
开　　本　710×1000　1/16
印　　张　12.5
字　　数　200 千字
版　　次　2024 年 6 月第 1 版
印　　次　2024 年 6 月第 1 次印刷
书　　号　ISBN 978-7-5213-5347-1
定　　价　68.00 元

如有图书采购需求，图书内容或印刷装订等问题，侵权、盗版书籍等线索，请拨打以下电话或关注官方服务号：
客服电话：400 898 7008
官方服务号：微信搜索并关注公众号"外研社官方服务号"
外研社购书网址：https://fltrp.tmall.com

物料号：353470001

出版说明

1623 年，莎士比亚的演员同僚们倾注心血结集出版了历史上第一部《莎士比亚全集》——著名的第一对开本，这是三百多年来许多导演和演员最为钟爱的莎士比亚文本。2007 年，由英国皇家莎士比亚剧团（Royal Shakespeare Company）推出的《莎士比亚全集》，则是对第一对开本首次全面的修订。

本套《莎士比亚全集》新汉译本，正是依据当今莎学界最负声望的皇家版《莎士比亚全集》翻译而成。译本的凡例说明如下：

一、**文体：**剧文有诗体和散体之分。未及最右行末即转行的为诗体。文字连排、直至最右行末转行的，则为散体。

二、**舞台提示：**

1）角色的上场与下场及其他舞台提示以仿宋体排出，穿插于剧文中的舞台提示以圆括号进行标注，如：（对亨利王子）。

2）舞台提示中的特殊符号。译本所依据的皇家版《莎士比亚全集》的编辑者对舞台提示中的不确定情形以特殊符号予以标注，译本亦保留了这些符号：如（旁白？）表示某行剧文既可作为旁白，亦可当作对话；又如某个舞台活动置于箭头 ↓↓ 之间，表示它可发生在一场戏中的多个不同时刻。

三、**脚注：**脚注中除标注有"译者附注"字样的，均译自或改编自皇家版《莎士比亚全集》注释。脚注多为对剧文中背景知识及专名的解释，以使读者更好地理解剧情；亦包含部分与英文原文相关的脚注，以使读者在品味译者的佳文时，亦体验到英文原文的精妙。

四、文本：译本以第一对开本为蓝本，部分剧目中四开本与之明显相异的段落亦有译出，附于正文之后，供读者参考。

此《莎士比亚全集》新汉译本历经策划、翻译、编辑加工和印装等工序，各个环节的参与者均竭尽全力，力求完美，但由于水平、精力所限，难免有所错漏，敬请广大读者赐教指正。

外语教学与研究出版社

综合出版事业部

莎士比亚诗体重译集序

辜正坤

他非一代骚人，实属万古千秋。

这是英国大作家本·琼森（Ben Jonson）在第一部《莎士比亚全集》（*Mr. William Shakespeares Comedies, Histories, & Tragedies*，1623）扉页上题诗中的诗行。三百多年来，莎士比亚在全球逐步成为一个家喻户晓的名字，似乎与这句预言在在呼应。但这并非偶然言中，有许多因素可以解释莎士比亚这一巨大的文化现象产生的必然性。最关键的，至少有下面几点。

首先，其作品内容具有惊人的多样性。世界上很难有第二个作家像莎士比亚这样能够驾驭如此广阔的题材。他的作品内容几乎无所不包，称得上英国社会的百科全书。帝王将相、走卒凡夫、才子佳人、恶棍屠夫……一切社会阶层都展现于他的笔底。从海上到陆地，从宫廷到民间，从国际到国内，从灵界到凡尘……笔锋所指，无处不至。悲剧、喜剧、历史剧、传奇剧，叙事诗、抒情诗……都成为他显示天才的文学样式。从哲理的韵味到浪漫的爱情，从盘根错节的叙述到一唱三叹的诗思，波涛汹涌的情怀，妙夺天工的笔触，凡开卷展读者，无不为之拊掌称绝。即使只从莎士比亚使用过的海量英语词汇来看，也令人产生仰之弥高的感觉。德国语言学家马克斯·缪勒（Max Müller）原以为莎士比亚使用过的词汇最多为 15,000 个，事后证明这当然是小看了语言大师的词汇储藏量。美国教授爱德华·霍尔登（Edward Holden）经过一番考察后，认为至少达 24,000 个。可是他哪里知道，这依然是一种低估。有学者甚至声称用电脑检索出莎士比亚用的词汇多达 43,566 个！当然，这些数据还不是莎士比亚作品之所以产生空前影响的关键因素。

其次，但也许是更重要的原因：他的作品具有极高的娱乐性。文学作品的生命力在于它能寓教于乐。莎士比亚的作品不是枯燥的说教，而是能够给予读者或观众极大艺术享受的娱乐性创造物，往往具有明显的煽情效果，有意刺激人的欲望。这种艺术取向当然不是纯粹为了娱乐而娱乐，掩藏在背后的是当时西方人强有力的人本主义精神，即用以人为本的价值观来对抗欧洲上千年来以神为本的宗教价值观。重欲望、重娱乐的人本主义倾向明显对重神灵、重禁欲的神本主义产生了极大的挑战。当然，莎士比亚的人本主义与中国古人所主张的人本主义有很大的区别。要而言之，前者在相当大的程度上肯定了人的本能欲望或原始欲望的正当性，而后者则主要强调以人的仁爱为本规范人类社会秩序的高尚的道德要求。二者都具有娱乐效果，但前者具有纵欲性或开放性娱乐效果，后者则具有节欲性或适度自律性娱乐效果。换句话说，对于 16、17 世纪的西方人来说，莎士比亚的作品暗中契合了试图挣脱过分禁欲的宗教教义的约束而走向个性解放的千百万西方人的娱乐追求，因此，它会取得巨大成功是势所必然的。

第三，时势造英雄。人类其实从来不缺善于煽情的作手或视野宏阔的巨匠，缺的常常是时势和机遇。莎士比亚的时代恰恰是英国文艺复兴思潮达到鼎盛的时代。禁欲千年之久的欧洲社会如堤坝围裹的宏湖，表面上浪静风平，其底层却汹涌着决堤的纵欲性暗流。一旦湖堤洞开，飞涛大浪呼卷而下，浩浩汤汤，汇作长河，而莎士比亚恰好是河面上乘势而起的弄潮儿，其迎合西方人情趣的精湛表演，遂赢得两岸雷鸣般的喝彩声。时势不光涵盖社会发展的总趋势，也牵连着别的因素。比如说，文学或文化理论界、政治意识形态对莎士比亚作品理解、阐释的多样性与莎士比亚作品本身内容的多样性产生相辅相成的效果。"说不尽的莎士比亚"成了西方学术界的口头禅。西方的每一种意识形态理论，尤其是文学理论，要想获得有效性，都势必会将阐释莎士比亚的作品作为试金石。17世纪初的人文主义，18世纪的启蒙主义，19世纪的浪漫主义，20世纪的现实主义或批判现实主义，都不同程度地、选择性地把莎士比亚作品作为阐释其理论特点的例证。也许17世纪的古典主义曾经阻遏过西方人对莎士比亚作品的过度热情，但是19世纪的浪漫主义流派却把莎士比亚作品推崇到无以复加的崇高地位，莎士比亚俨然成了西方文学的神灵。20世纪以来，西方资本主义阵营和社会主义阵营可以说在意识形态的各个方面都互相对立，势同水火，可是在对待莎士比亚的问题上，居然有着惊人的共识与默契。不用说，社会主义阵营的立场与社会主义理论的创始人马克思（Karl Marx）、恩格斯（Friedrich Engels）个人的审美情趣息息相关。马克思一家都是莎士比亚的粉丝；马克思称莎士比亚为"人类最伟大的天才之一，人类文学奥林波斯山上的宙斯"！他号召作家们要更加莎士比亚化。恩格斯甚至指出："单是《快乐的温莎巧妇》[1]的第一幕就比全部德国文学包含着更多的生活气息。"不用说，这些话多多少少有某种程度的文学性夸张，但对莎士比亚的崇高地位来说，却无疑产生了极大的推动作用。

第四，1623年版《莎士比亚全集》奠定莎士比亚崇拜传统。这个版本即眼前译本所依据的皇家版《莎士比亚全集》（*The RSC William Shakespeare: Complete Works*, 2007）的主要内容。该版本产生于莎士比亚去世的第七年。莎士比亚的舞台同仁赫明奇（John Heminge）和康德尔（Henry Condell）整理出版了第一部莎士比亚戏剧集。当时的大学者、大

---

1 英文剧名为 The Merry Wives of Windsor，朱生豪先生译作《温莎的风流娘儿们》；重译本综合考虑剧情和英文书名，译作《快乐的温莎巧妇》。

作家本·琼森为之题诗，诗中写道："他非一代骚人，实属万古千秋。"这个调子奠定了莎士比亚偶像崇拜的传统。而这个传统一旦形成，后人就难以反抗。英国文学中的莎士比亚偶像崇拜传统已经形成了一种自我完善、自我调整、自我更新的机制。至少近两百年来，莎士比亚的文学成就已被宣传成世界文学的顶峰。

第五，现在署名"莎士比亚"的作品很可能不只是莎士比亚一个人的成果，而是凝聚了当时英国若干戏剧创作精英的团体努力。众多大作家的智慧浓缩在以"莎士比亚"为代号的作品集中，其成就的伟大性自然就获得了解释。当然，这最后一点只是莎士比亚研究界若干学者的研究性推测，远非定论。有的莎士比亚著作爱好者害怕一旦证明莎士比亚不是署名为"莎士比亚"的著作的作者，莎士比亚的著作便失去了价值，这完全是杞人忧天。道理很简单，人们即使证明了《红楼梦》的作者不是曹雪芹，或《三国演义》的作者不是罗贯中，也丝毫不影响这些作品的伟大价值。同理，人们即使证明了《莎士比亚全集》不是莎士比亚一个人创作的，也丝毫不会影响《莎士比亚全集》是世界文学中的伟大作品这个事实，反倒会更有力地证明这个事实，因为集体的智慧远胜于个人。

皇家版《莎士比亚全集》译本翻译总思路

横亘于前的这套新译本，是依据当今莎学界最负声望的皇家版《莎士比亚全集》进行翻译的，而皇家版又正是以本·琼森题过诗的 1623 年版《莎士比亚全集》为主要依据。

这套译本是在考察了中国现有的各种译本后，根据新的历史条件和新的翻译目的打造出来的。其总的翻译思路是本套译本主编会同外语教学与研究出版社的相关领导和责任编辑讨论的结果。总起来说，皇家版《莎士比亚全集》译本在翻译思路上主要遵循了以下几条：

1. 版本依据。如上所述，本版汉译本译文以英国皇家版《莎士比亚全集》为基本依据。但在翻译过程中，译者亦酌情参阅了其他版本，以增进对原作的理解。

2. 翻译内容包括：内页所含全部文字。例如作品介绍与评论、正文、注释等。

3. 注释处理问题。对于注释的处理：1）翻译时，如果正文译文已经将英文版某注释的基本含义较准确地表达出来了，则该注释即可取消；2）如果正文译文只是部分地将英文版对应注释的基本含义表达出来，则该注释可以视情况部分或全部保留；3）如果注释本身存疑，可以在保留原注的情况下，加入译者的新注。但是所加内容务必有理有据。

4. 翻译风格问题。对于风格的处理：1）在整体风格上，译文应该尽量逼肖原作整体风格，包括以诗体译诗体，以散体译散体；2）在具体的文字传输处理上，通常应该注重汉译本身的文字魅力，增强汉译本的可读性。不宜太白话，不宜太文言；文白用语，宜尽量自然得体。句子不要太绕，注意汉语自身表达的句法结构，尤其是其逻辑表达方式。意义的异化性不等于文字形式本身的异化性，因此要注意用汉语的归化性来传输、保留原作含义的异化性。朱生豪先生的译本语言流畅、可读性强，但可惜不是诗体，有违原作形式。当下译本是要在承传朱先生译本优点的基础上，根据新时代的读者审美趣味，取得新的进展。梁实秋先生等的译本，在达意的准确性上，比朱译有所进步，也是我们应该吸纳的优点。但是梁译文采不足，则须注意避其短。方平先生等的译本，也把莎士比亚翻译往前推进了一步，在进行大规模诗体翻译方面作出了宝贵的尝试，但是离真正的诗体尚有距离。此外，前此的所有译本对于莎士比亚原作的色情类用语都有程度不同的忽略，本套皇家版译本则尽力在此方面还原莎士比亚的本真状态（论述见后文）。其他还有一些译本，亦都应该受到我们的关注，处理原则类推。每种译本都有自己独特的东西。我们希望美的译文是这套译本的突出特点。

5.借鉴他种汉译本问题。凡是我们曾经参考过的较好的译本，都在适当的地方加以注明，承认前辈译者的功绩。借鉴利用是完全必要的，但是要正大光明，避免暗中抄袭。

6.具体翻译策略问题特别关键，下文将其单列进行陈述。

莎士比亚作品翻译领域大转折：真正的诗体译本

莎士比亚首先是一个诗人。莎士比亚的作品基本上都以诗体写成。因此，要想尽可能还原本真的莎士比亚，就必须将莎士比亚作品翻译成为诗体而不是散文，这在莎学界已经成为共识。但是紧接而来的问题是：什么叫诗体？或需要什么样的诗体？

按照我们的想法：1）所谓诗体，首先是措辞上的诗味必须尽可能浓郁；2）节奏上的诗味（包括分行）等要予以高度重视；3）结合中国人的审美习惯，剧文可以押韵，也可以不押韵。但不押韵的剧文首先要满足前两个要求。

本全集翻译原计划由笔者一个人来完成。但是，莎士比亚的创作具有惊人的多样性，其作品来源也明显具有莎士比亚时代若干其他作家与作品的痕迹，因此，完全由某一个译者翻译成一种风格，也许难免偏颇，难以和莎士比亚风格的多样性相呼应。所以，集众人的力量来完成大业，应该更加合理，更加具有可操作性。

具体说来，新时代提出了什么要求？简而言之，就是用真正的诗体翻译莎士比亚的诗体剧文。这个任务，是朱生豪先生无法完成的。朱先生说过，他在翻译莎士比亚作品时，"当然预备全部用散文译出，否则将要了我的命"。[1] 显然，朱先生也考虑过用诗体来翻译莎士比亚著作的问题，但是他的结论是：第一，靠单独一个人用诗体翻译《莎士比亚全集》是办不到的，会因此累死；第二，他用散文翻译也是不得已的办法，因为只有这样他才有可能在有生之年完成《莎士比亚全集》的翻译工作。

将《莎士比亚全集》翻译成诗体比翻译成散文体要难得多。难到什么程度呢？和朱生豪先生的翻译进度比较一下就知道了。朱先生翻译得最快的时候，一天可以翻译一万字。[2] 为什么会这么快？朱先生才华过人，这当然是一个因素，但关键因素是：他是用散文翻译的。用真正的诗体就不一样了。以笔者自己的体验，今日照样用散文翻译莎士比亚剧本，最快时也可达到每日一万字。这是因为今日的译者有比以前更完备的注释本和众多的前辈汉译本作参考，至少理解原著时，要比朱先生当年省力得多，所以翻译速度上最高达到一万字是不难的。但是翻译成诗体就是另外一回事了。这比自己写诗还要难得多。写诗是自己随意发挥，译诗则必须按照别人的意思发挥，等于是戴着镣铐跳舞。笔者自己写诗，诗兴浓时，一天数百行都可以写得出来，但是翻译诗，一天只能是几十行，统计成字数，往往还不到一千字，最多只是朱生豪先生散文翻译速度的十分之一。梁实秋先生翻译《莎士比亚全集》用的也是散文，但是也花了37年，如果要翻译成真正的诗体，那么至少得370年！由此可见，真正的诗体《莎士比亚全集》汉译本的诞生，有多么艰难。此次笔者约稿的各位译者，都是用诗体翻译，并且都表示花费了大量的时间，

1　见朱生豪大约在1936年夏致宋清如信："今天下午，我试译了两页莎士比亚，还算顺利，不过恐怕终于不过是 Poor Stuff 而已。当然预备全部用散文译出，否则将要了我的命。"（《伉俪：朱生豪宋清如诗文选》下卷，中国青年出版社，2013年，第94页）

2　朱生豪："今天因为提起了精神，却很兴奋，晚上译了六千字，今天一共译一万字。"（同上，第101页）

x

皇家版《莎士比亚全集》译本凝聚了诸位译者的多少努力，也就不言而喻了。

翻译诗体分辨：不是分了行就是真正的诗

主张将莎士比亚剧作翻译成诗体成了共识，但是什么才是诗体，却缺乏共识。在白话诗盛行的时代，许多人只是简单地认定分了行的文字就是诗这个概念。分行只是一个初级的现代诗要求，甚至不必是必然要求，因为有些称为诗的文字甚至连分行形式都没有。不过，在莎士比亚作品的翻译上，要让译文具有诗体的特征，首先是必定要分行的，因为莎士比亚原作本身就有严格的分行形式。这个不用多说。但是译文按莎士比亚的方式分了行，只是达到了一个初级的低标准。莎士比亚的剧文读起来像不像诗，还大有讲究。

卞之琳先生对此是颇有体会的。他的译本是分行式诗体，但是他自己也并不认为他译出的莎士比亚剧本就是真正的诗体译本。他说：读者阅读他的译本时，"如果……不感到是诗体，不妨就当散文读，就用散文标准来衡量"。[1] 这是一个诚实的译者说出的诚实话。不过，卞先生很谦虚，他有许多剧文其实读起来还是称得上诗体的。原因是什么？原因是他注意到了笔者上文提到的两点：第一，诗的措辞；第二，诗的节奏。只不过他迫于某些客观原因，并没有自始至终侧重这方面的追求而已。

显然，一些译本翻译了莎士比亚的剧文，在行数上靠近莎士比亚原作，措辞也还流畅。这些是不是就是理想的诗体莎士比亚译本呢？笔者认为，这还不够。什么是诗，对于中国人来说有几千年的历史，我们不

1　卞之琳:《莎士比亚悲剧四种》，方志出版社，2007 年，第 4 页。

能脱离这个悠久的传统来讨论这个问题。为此，我们不得不重新提到一些基本概念：什么是诗？什么是诗歌翻译？

诗歌是语言艺术，诗歌翻译也就必须是语言艺术

讨论诗歌翻译必须从讨论诗歌开始。

诗主情。诗言志。诚然。但诗歌首先应该是一种精妙的语言艺术。同理，诗歌的翻译也就不得不首先表现为同类精妙的语言艺术。若译者的语言平庸而无光彩，与原作的语言艺术程度差距太远，那就最多只是原诗含义的注释性文字，算不得真正的诗歌翻译。

那么，何谓诗歌的语言艺术？

无他，修辞造句、音韵格律一整套规矩而已。无规矩不成方圆，无限制难成大师。奥运会上所有的技能比赛，无不按照特定的规矩来显示参赛者高妙的技能。德国诗人歌德（Johann Wolfgang von Goethe）《自然和艺术》（"Natur und Kunst"）一诗最末两行亦彰扬此理：

非限制难见作手，

唯规矩予人自由。[1]

艺术家的"自由"，得心应手之谓也。诗歌既为语言艺术，自然就有一整套相应的语言艺术规则。诗人应用这套规则时，一旦达到得心应手的程度，那就是达到了真正成熟的境界。当然，规矩并非一点都不可打破，但只有能够将规矩使用到随心所欲而不逾矩的程度的人，才真正有资格去创立新规矩，丰富旧规矩。创新是在承传旧规则长处的基础上来进行的，而不是完全推翻旧规则，肆意妄为。事实证明，在语言艺术上

1　In der Beschränkung zeigt sich erst der Meister, / Und das Gesetz nur kann uns Freiheit geben. 参见 http://www.business-it.nl/files/7d413a5dca62fc735a072b16fbf050b1-27.php.

凡无视积淀千年的诗歌语言规则，随心所欲地巧立名目、乱行胡来者，永不可能在诗歌语言艺术上取得大的成就，所以歌德认为：

> 若徒有放任习性，
>
> 则永难至境遨游。[1]

诗歌语言艺术如此需要规则，如此不可放任不羁，诗歌的翻译自然也同样需要相类似的要求。这个要求就是笔者前面提出的主张：若原诗是精妙的语言艺术，则理论上说来，译诗也应是同类精妙的语言艺术。

但是，"同类"绝非"同样"。因为，由于原作和译作使用的语言载体不一样，其各自产生的语言艺术规则和效果也就各有各的特点，大多不可同样复制、照搬。所以译作的最高目标，是尽可能在译入语的语言艺术领域达到程度大致相近的语言艺术效果。这种大致相近的艺术效果程度可叫作"最佳近似度"。它实际上也就是一种翻译标准，只不过针对不同的文类，最佳近似度究竟在哪些因素方面可最佳程度地（并不一定是最大程度地）取得近似效果，不是一成不变的，而是具有高度的灵活性。不同的文类，甚至针对不同的受众，我们都可以设定不同的最佳近似度。这点在拙著《中西诗比较鉴赏与翻译理论》（清华大学出版社，2010 年）的相关章节中有详细的厘定，此不赘。

话与诗的关系：话不是诗

古人的口语本来就是白话，与现在的人说的口语是白话一个道理。

1　Vergebens werden ungebundene Geister / Nach der Vollendung reiner Höhe streben. 参 见 http://www.cosmiq.de/qa/show/3454062/Vergebens-werden-ungebundne-Geister-Nach-der-Vollendung-reiner-Hoehe-streben-Was-ist-die-Bedeutung-dieser-2-Verse-Ich-komm-nicht-drauf/t.

正因为白话太俗，不够文雅，古人慢慢将白话进行改进，使它更加规范、更加准确，并且用语更加丰富多彩，于是文言产生。在文言的基础上，还有更文的文字现象，那就是诗歌，于是诗歌产生。所以就诗歌而言，文言味实际上就是一种特殊的诗味。文言有浅近的文言，也有佶屈聱牙的文言。中国传统诗歌绝大多数是浅近的文言，但绝非口语、白话。诗中有话的因素，自不待言，但话的因素往往正是诗试图抑制的成分。

文言和诗歌的产生是低俗的口语进化到高雅、准确层次的标志。文言和诗歌的进一步发展使得语言的艺术性愈益增强。最终，文言和诗歌完成了艺术性语言的结晶化定型。这标志着古代文学和文学语言的伟大进步。《诗经》、楚辞、唐诗、宋词、元明戏曲，以及从先秦、汉、唐、宋、元至明清的散文等，都是中国语言艺术逐步登峰造极的明证。

人们往往忘记：话不是诗，诗是话的升华。话据说至少有几十万年的历史，而诗却只有几千年的历史。白话通过漫长的岁月才升华成了诗。因此，从理论上说，白话诗不是最好的诗，而只是低层次的、初级的诗。当一行文字写得不像是话时，它也许更像诗。"太阳落下山去了"是话，硬说它是诗，也只是平庸的诗，人人可为。而同样含义的"白日依山尽"不像是话，却是真正的诗，非一般人可为，只有诗人才写得出。它的语言表达方式与一般人的通用白话脱离开来了，实现了与通用语的偏离（deviation from the norm）。这里的通用语指人们天天使用的白话。试想把唐诗宋词译成白话，还有多少诗味剩下来？

谢谢古代先辈们一代又一代、不屈不挠的努力，话终于进化成了诗。

但是，20世纪初一些激进的中国学者鼓荡起一场声势浩大的白话文运动。

客观说来，用白话文来书写、阅读自然科学和人文科学文献，例如哲学、政治学、伦理学、经济学等等文献，这都是**伟大的进步**。这个进步甚至可以上溯到八百多年前朱熹等大学者用白话体文章传输理学思想。
对此笔者非常拥护，非常赞成。

但是约一百年前的白话诗运动却未免走向了极端，事实上是一种语
言艺术方面的倒退行为。已经高度进化的诗词曲形式被强行要求返祖回
归到三千多年前的类似白话的状态，已经高度语言艺术化了的诗被强行
要求退化成话。艺术性相对较低的白话反倒成了正统，艺术性较高的诗
反倒成了异端。其实，容许口语类白话诗和文言类诗并存，这才是正确
的选择。但一些激进学者故意拔高白话地位，在诗歌创作领域搞成白话
至上主义，这就走上了极端主义道路。

这个运动影响到诗歌翻译的结果是什么呢？结果是西方所有的大诗
人，不论是古代的还是近代的，如荷马（Homer）、但丁（Dante）、莎士
比亚、歌德、雨果（Victor Hugo）、普希金（Alexander Pushkin）……都
莫名其妙地似乎用同一支笔写出了 20 世纪初才出现的味道几乎相同的白
话文汉诗！

将产生这种极端性结果的原因再回推，我们会清楚地明白，当年的
某些学者把文学艺术简单雷同于人文社会科学，误解了文学艺术，尤其
是诗歌艺术的特殊性质，误以为诗就是话，混淆了诗与话的形式因素。

针对莎士比亚戏剧诗的翻译对策

由上可知，莎士比亚的剧文既然大多是格律诗，无论有韵无韵，它
们都是诗，都有格律性。因此在汉译中，我们就有必要显示出它具有格
律性，而这种格律性就是诗性。

问题在于，格律性是附着在语言形式上的；语言改变了，附着其上
的格律性也就大多会消失。换句话说，格律大多不可复制或模仿，这就

正如用钢琴弹不出二胡的效果，用古筝奏不出黑管的效果一样。但是，原作的内在旋律是可以模仿的，只是音色变了。原作的诗性是可以换个形式营造的，这就是利用汉语本身的语言特点营造出大略类似的语言艺术审美效果。

由于换了另外一种语言媒介，原作的语音美设计大多已经不能照搬、复制，甚至模拟了，那么我们就只好断然舍弃掉原作的许多语音美设计，而代之以译入语自身的语言艺术结构产生的语音美艺术设计。当然，原作的某些语音美设计还是可以尝试模拟保留的，但在通常的情况下，大多数的语音美已经不可能传输或复制了。

利用汉语本身的语音审美特点来营造莎士比亚诗歌的汉译语音审美效果，是莎士比亚作品翻译的一个有效途径。机械照搬原作的语音审美模式多半会失败，并且在大多数的场合下也没有必要。

具体说来，这就涉及翻译莎士比亚戏剧作品时该如何处理：1）节奏；2）韵律；3）措辞。笔者主张，在这三个方面，我们都可以适当借鉴利用中国古代词曲体的某些因素。戏剧剧文中的诗行一般都不宜多用单调的律诗和绝句体式。元明戏剧为什么没有采用前此盛行的五言或七言诗行而采用了长短错杂、众体皆备的词曲体？这是一种艺术形式发展的必然。元明曲体由于要更好更灵活地满足抒情、叙事、论理等诸多需要，故借用发展了词的形式，但不是纯粹的词，而是融入了民间语汇。词这种形式涵盖了一言、二言、三言、四言、五言、六言、七言、八言……乃至十多言的长短句式，因此利于表达变化莫测的情、事、理。从这个意义上看，莎士比亚剧文语言单位的参差不齐状态与中文词曲体句式的参差不齐状态正好有某种相互呼应的效果。

也许有人说，莎士比亚的剧文虽然是格律诗，但并不怎么押韵，因此汉诗翻译也就不必押韵。这个说法也有一定道理，但是道理并不充实。

首先，我们应该明白，既然莎士比亚的剧文是诗体，人们读到现今的散体译文或不押韵的分行译文却难以感受到其应有的诗歌风味，原因即在于其音乐性太弱。如果人们能够照搬莎士比亚素体诗所惯常用的音步效果及由此引起的措辞特点，当然更好。但事实上，原作的节奏效果是印欧语系语言本身的效果，换了一种语言，其效果就大多不能搬用了，所以我们只好利用汉语本身的优势来创造新的音乐美。这种音乐美很难说是原作的音乐美，但是它毕竟能够满足一点：即诗体剧文应该具有诗歌应有的音乐美这个起码要求。而汉译的押韵可以强化这种音乐美。

其次，莎士比亚的剧文不押韵是由诸多因素造成的。第一，属于印欧语系语言的英语在押韵方面存在先天的多音节不规则形式缺陷，导致押韵词汇范围相对较窄。所以对于英国诗人来说，很苦于押韵难工；莎士比亚的许多押韵体诗，例如十四行诗，在押韵方面都不很工整。其次，莎士比亚的剧文虽不押韵，却在节奏方面十分考究，这就弥补了音韵方面的不足。第三，莎士比亚的剧文几乎绝大多数是诗行，对于剧作者来说，每部长达两三千行的诗行行都要押韵，这是一个极大的挑战，很难完成。而一旦改用素体，剧作者便会轻松得多。但是，以上几点对于汉语译本则不是一个问题。汉语的词汇及语音构成方式决定了它天生就是一种有利于押韵的艺术性语言。汉语存在大量同韵字，押韵是一件很容易的事情。汉语的语音音调变化也比莎士比亚使用的英语的音调变化空间大一倍以上。汉语音调至少有四种（加上轻重变化可达六至八种），而英语的音调主要局限于轻重语调两种，所以存在于印欧语系文字诗歌中的频频押韵有时会产生的单调感，在汉语中会在很大程度上由于语调的多变而得到缓解。故汉语戏剧剧文在押韵方面有很大的潜在优势空间，实际上元明戏剧剧文频频押韵就是证明。

第三，莎士比亚的剧文虽然很多不押韵，但却具极强的节奏感。他惯用的格律多半是抑扬格五音步（iambic pentameter）诗行。如果我们在节奏方面难以传达原作的音美，或者可以通过韵律的音美来弥补节奏美的丧失，这种翻译对策谓之堤内损失堤外补，亦谓失之东隅，收之桑榆。我们的语言在某方面有缺陷，可以通过另一方面的优点来弥补。当然，笔者主张在一定程度上借鉴利用传统词曲的风味，却并不主张使用宋词、元曲式的严谨格律，而只是追求一种过分散文化和过分格律化之间的妥协状态。有韵但是不严格，要适当注意平仄，但不过多追求平仄效果及诗行的整齐与否；不必有太固定的建行形式，只是根据诗歌本身的内容和情绪赋予适当的节奏与韵式。在措辞上则保持与白话有一段距离，但是绝非佶屈聱牙的文言，而是趋近典雅、但普通读者也能读懂的语言。

最后，根据翻译标准多元互补论原理，由于莎士比亚作品在内容、形式及审美效应方面具有多样性，因此，只用一种类乎纯诗体译法来翻译所有的莎士比亚剧文，也是不完美的，因为单一的做法也许无形中堵塞了其他有益的审美趣味通道。因此，这套译本的译风虽然整体上强调诗化、诗味，但是在营造诗味的途径和程度上不是单一的。我们允许诗体译风的灵活性和创新性。多译者译法实际上也是在探索诗体译法的诸多可能性，这为我们将来进一步改进这套译本铺垫了一条较宽的道路。因此，译文从严格押韵、半押韵到不押韵的各个程度，译本都有涉猎。但是，无论是否押韵，其节奏和措辞应该总是富于诗意，这个要求则是统一的。这是我们对皇家版《莎士比亚全集》译本的语言和风格要求。不能说我们能完全达到这个目标，但我们是往这个方向努力的。正是这样的努力，使这套译本与前此译本有很大的差异，在一定的意义上来说，标志着中国莎士比亚著作翻译的一次大转折。

翻译突破：还原莎士比亚作品禁忌区域

另有一个课题是中国学者从前讨论得比较少的禁忌领域，即莎士比亚著作中的性描写现象。

　　许多西方学者认为，莎士比亚酷爱色情字眼，他的著作渗透着性描写、性暗示。只要有机会，他就总会在字里行间，用上与性相联系的双关语。西方人很早就搜罗莎士比亚著作的此类用语，编纂了莎士比亚淫秽用语词典。这类词典还不止一种。1995 年，我又看到弗朗基·鲁宾斯坦（Frankie Rubinstein）等编纂了《莎士比亚性双关语释义词典》（*A Dictionary of Shakespeare's Sexual Puns and Their Significance*），厚达372 页。

　　赤裸裸的性描写或过多的淫秽用语在传统中国文学作品中是受到非议的，尽管有《金瓶梅》这样被判为淫秽作品的文学现象，但是中国传统的主流舆论还是抑制这类作品的。莎士比亚的作品固然不是通常意义上的淫秽作品，但是它的大量实际用语确实有很强的色情味。这个极鲜明的特点恰恰被前此的所有汉译本故意掩盖或在无意中抹杀掉。莎士比亚的所有汉译者，尤其是像朱生豪先生这样的译者，显然不愿意中国读者看到莎士比亚的文笔有非常泼辣的大量使用性相关脏话的特点。这个特点多半都被巧妙地漏译或改译。于是出现一种怪现象，莎士比亚著作中有些大段的篇章变成汉语后，尽管读起来是通顺的，读者对这些话语却往往感到莫名其妙。以《罗密欧与朱丽叶》第一幕第一场前面的 30 行台词为例，这是凯普莱特家两个仆人山普孙与葛莱古里之间的淫秽对话。但是，读者阅读过去的汉译本时，很难看到他们是在说淫秽的脏话，甚至会认为这些对话只是仆人之间的胡话，没有什么意义。

　　不过，前此的译本对这类用语和描写的态度也并不完全一样，而是依据年代距离在逐步改变。朱生豪先生的译本对这些东西删除改动得最多，梁实秋先生已经有所保留，但还是有节制。方平先生等的译本保留得更多一些，但仍然持有相当的保留态度。此外，从英语的不同版本看，有的版本注释得明白，有的版本故意模糊，有的版本注释者自己也没有弄懂这些双关语,那就更别说中国译者了。

在这一点上,我们目前使用的皇家版《莎士比亚全集》是做得最好的。

那么,我们该怎样来翻译莎士比亚的这种用语呢?是迫于传统中国道德取向的习惯巧妙地回避,还是尽可能忠实地传达莎士比亚的本真用意?我们认为,前此的译本依据各自所处时代的中国人道德价值的接受状态,采用了相应的翻译对策,出现了某种程度的曲译,这是可以理解的,是特定历史条件下的产物。但是,历史在前进,中国人的道德观已经有了很大的改变,尤其是在性禁忌领域。说实话,无论我们怎样真实地还原莎士比亚著作中的性双关描写,比起当代文学作品中有时无所忌讳的淫秽描写来,莎士比亚还真是有小巫见大巫的感觉。换句话说,目前中国人在这方面的外来道德价值接受状态,已经完全可以接受莎士比亚著作中的性双关用语了。因此,我们的做法是尽可能真实还原莎士比亚性相关用语的现象。在通常的情况下,如果直译不能实现这种现象的传输,我们就采用注释。可以说,在这方面,目前这个版本是所有莎士比亚汉译本中做得最超前的。

译法示例

莎士比亚作品的文字具有多种风格,早期的、中期的和晚期的语言风格有明显区别,悲剧、喜剧、历史剧、十四行诗的语言风格也有区别。甚至同样是悲剧或喜剧,莎士比亚的语言风格往往也会很不相同。比如同样是属于悲剧,《罗密欧与朱丽叶》剧文中就常常有押韵的段落,而大悲剧《李尔王》却很少押韵;同样是喜剧,《威尼斯商人》是格律素体诗,而《快乐的温莎巧妇》却大多是散文体。

与此现象相应，我们的翻译当然也就有多种风格。虽然不完全一一对应，但我们有意避免将莎士比亚著作翻译成千篇一律的一种文体。从这个意义上说，皇家版《莎士比亚全集》汉译本在某些方面采用了全新的译法。这种全新译法不是孤立的一种译法，而是力求展示多种翻译风格、多种审美尝试。多样化为我们将来精益求精提供了相对更多的选择。如果现在固定为一种单一的风格，那么将来要想有新的突破，就困难了。概括说来，我们的多种翻译风格主要包括：1）有韵体诗词曲风味译法；2）有韵体现代文白融合译法；3）无韵体白话诗译法。下面依次选出若干相应风格的译例，供读者和有关方面品鉴。

一、有韵体诗词曲风味译法

有韵体诗词曲风味译法注意使用一些传统诗词曲中诗味比较浓郁的词汇，同时注意遣词不偏僻，节奏比较明快，音韵也比较和谐。但是，它们并不是严格意义上的传统诗词曲，只是带点诗词曲的风味而已。例如：

女巫甲	何时我等再相逢？	
	闪电雷鸣急雨中？	
女巫乙	待到硝烟烽火静，	
	沙场成败见雌雄。	
女巫丙	残阳犹挂在西空。	（《麦克白》第一幕第一场）
小丑甲	当时年少爱风流，	
	有滋有味有甜头；	
	行乐哪管韶华逝，	
	天下柔情最销愁。	（《哈姆莱特》第五幕第一场）

朱丽叶 天未曙，罗郎，何苦别意匆忙？

鸟音啼，声声亮，惊骇罗郎心房。

休听作破晓云雀歌，只是夜莺唱，

石榴树间，夜夜有它设歌场。

信我，罗郎，端的只是夜莺轻唱。

罗密欧 不，是云雀报晓，不是莺歌，

看东方，无情朝阳，暗洒霞光，

流云万朵，镶嵌银带飘如浪。

星斗如烛，恰似残灯剩微芒，

欢乐白昼，悄然驻步雾嶂群岗。

奈何，我去也则生，留也必亡。

朱丽叶 听我言，天际微芒非破晓霞光，

只是金乌，吐射流星当空亮，

似明炬，今夜为郎，朗照边邦，

何愁它曼托瓦路，漫远悠长。

且稍待，正无须行色皇皇仓仓。

罗密欧 纵身陷人手，蒙斧钺加诛于刑场；

只要这勾留遂你愿，我欣然承当。

让我说，那天际灰朦，非黎明醒眼，

乃月神眉宇，幽幽映现，淡淡辉光；

那歌鸣亦非云雀之讴，哪怕它

嚣然振动于头上空冥，嘹亮高亢。

我巴不得栖身此地，永不他往。

来吧，死亡！倘朱丽叶愿遂此望。

如何，心肝？畅谈吧，趁夜色迷茫。

（《罗密欧与朱丽叶》第三幕第五场）

二、有韵体现代文白融合译法

有韵体现代文白融合译法的特点是：基本押韵，措辞上白话与文言尽量能够水乳交融；充分利用诗歌的现代节奏感，俾便能够念起来朗朗上口。例如：

哈姆莱特 死，还是生？这才是问题根本：

莫道是苦海无涯，但操戈奋进，

终赢得一片清平；或默对逆运，

忍受它箭石交攻，敢问，

两番选择，何为上乘？

死灭，睡也，倘借得长眠

可治心伤，愈千万肉身苦痛痕，

则岂非美境，人所追寻？死，睡也，

睡中或有梦魇生，唉，症结在此；

倘能撒手这碌碌凡尘，长入死梦，

又谁知梦境何形？念及此忧，

不由人踌躇难定：这满腹疑情

竟使人苟延年命，忍对苦难平生。

假如借短刀一柄，即可解脱身心，

谁甘愿受人世的鞭挞与讥评，

强权者的威压，傲慢者的骄横，

失恋的痛楚，法律的耽延，

官吏的暴虐，甚或默受小人

对贤德者肆意拳脚加身？

谁又愿肩负这如许重担，

流汗、呻吟，疲于奔命，

倘非对死后的处境心存疑云，

惧那未经发现的国土从古至今
无孤旅归来，意志的迷惘
使我辈宁愿忍受现世的忧闷，
而不敢飞身投向未知的苦境？
前瞻后顾使我们全成懦夫，
于是，本色天然的决断决行，
罩上了一层思想的惨淡余阴，
只可惜诸多待举的宏图大业，
竟因此如逝水忽然转向而行，
失掉行动的名分。　　　　　（《哈姆莱特》第三幕第一场）

麦克白　　若做了便是了，则快了便是好。
若暗下毒手却能横超果报，
割人首级却赢得绝世功高，
则一击得手便大功告成，
千了百了，那么此际此宵，
身处时间之海的沙滩、岸畔，
何管它来世风险逍遥。但这种事，
现世永远有裁判的公道：
教人杀戮之策者，必受杀戮之报；
给别人下毒者，自有公平正义之手
让下毒者自食盘中毒肴。　　　（《麦克白》第一幕第七场）

损神，耗精，愧煞了浪子风流，
都只为纵欲眠花卧柳，
阴谋，好杀，赌假咒，坏事做到头；

心毒手狠，野蛮粗暴，背信弃义不知羞。

才尝得云雨乐，转眼意趣休。

舍命追求，一到手，没来由

便厌腻个透。呀恰，恰像是钓钩，

但吞香饵，管教你六神无主不自由。

求时疯狂，得时也疯狂，

曾有，现有，还想有，要玩总玩不够。

适才是甜头，转瞬成苦头。

求欢同枕前，梦破云雨后。

唉，普天下谁不知这般儿歹症候，

却避不得便往这通阴曹的天堂路儿上走！

（十四行诗第一百二十九首）

三、无韵体白话诗译法

无韵体白话诗译法的特点是：虽然不押韵，但是译文有很明显的和谐节奏，措辞畅达，有诗味，明显不是普通的口语。例如：

贡妮芮　父亲，我爱您非语言所能表达；

胜过自己的眼睛、天地、自由；

超乎世上的财富或珍宝；犹如

德貌双全、康强、荣誉的生命。

子女献爱，父亲见爱，至多如此；

这种爱使言语贫乏，谈吐空虚：

超过这一切的比拟——我爱您。（《李尔王》第一幕第一场）

李尔　国王要跟康沃尔说话，慈爱的父亲

要跟他女儿说话，命令、等候他们服待。

这话通禀他们了吗？我的气血都飙起来了！
火爆？火爆公爵？去告诉那烈性公爵——
不，还是别急：也许他是真不舒服。
人病了，常会疏忽健康时应尽的
责任。身子受折磨，
逼着头脑跟它受苦，
人就不由自主了。我要忍耐，
不再顺着我过度的轻率任性，
把难受病人偶然的发作，错认是
健康人的行为。我的王权废掉算了！
为什么要他坐在这里？这种行为
使我相信公爵夫妇不来见我
是伎俩。把我的仆人放出来。
去跟公爵夫妇讲，我要跟他们说话，
现在就要。叫他们出来听我说，
不然我要在他们房门前打起鼓来，
不让他们好睡。　　　　　（《李尔王》第二幕第二场）

奥瑟罗　　诸位德高望重的大人，
　　　　　我崇敬无比的主子，
　　　　　我带走了这位元老的女儿，
　　　　　这是真的；真的，我和她结了婚，说到底，
　　　　　这就是我最大的罪状，再也没有什么罪名
　　　　　可以加到我头上了。我虽然
　　　　　说话粗鲁，不会花言巧语，
　　　　　但是七年来我用尽了双臂之力，

直到九个月前，我一直
都在战场上拼死拼活，
所以对于这个世界，我只知道
冲锋向前，不敢退缩落后，
也不会用漂亮的字眼来掩饰
不漂亮的行为。不过，如果诸位愿意耐心听听，
我也可以把我没有化装掩盖的全部过程，
一五一十地摆到诸位面前，接受批判：
我绝没有用过什么迷魂汤药、魔法妖术，
还有什么歪门邪道——反正我得到他的女儿，
全用不着这一套。　　　　(《奥瑟罗》第一幕第三场)

目　录

出版说明..i

莎士比亚诗体重译集序..iii

《辛白林》导言... 1

辛白林... 11

《辛白林》导言

许多评注者认为将《暴风雨》(*The Tempest*)排印在莎翁剧作第一对开本的开篇是恰如其分的。该剧有对艺术的种种反思,剧中人物普洛斯彼罗(Prospero)好似一位剧作家,他所居的岛屿好似一座剧场,在岛上上演剧中剧的演员们都是一些精灵。这些让该剧仿佛成为莎士比亚的戏剧样板,也是他戏剧艺术的圆满总结。但是,很少有评注者认为将《辛白林》排印在第一对开本的结尾也是同样合适的。尽管该剧名为《辛白林的悲剧》(*The Tragedy of Cymbeline*),但是剧终时并没有出现尸横遍地的场面,而是上演了家庭的重聚和政治的和解。"所有俘虏得到赦免",神的启示纷至沓来;每个启示都是"一个不平凡的记号",国家恢复和平。这出戏同样可以被归为喜剧或英国历史剧。第一对开本的剧目依次分为喜剧、历史剧和悲剧,但是《辛白林》的文体实验却几乎是对这种三分法反讽式的收场:集悲剧、喜剧、历史剧、田园剧于一体,《哈姆莱特》(*Hamlet*)中的波洛纽斯(Polonius)若是有最喜爱的莎剧,肯定会是这一出。该剧也可以看作是对巴洛克艺术经典主题之风趣、极端的变奏,其中的叙事弧和人物刻画极有意识地重温了一些脍炙人口的莎士比亚主题:女主人公的女扮男装、从宫廷到乡野的场景转换、愈演愈烈的醋海波澜、心怀歹毒的政治图谋,以及对罗马价值观的质疑。

　　《辛白林》的素材让莎士比亚有机会回溯他自己的一些早期作品。和在《泰特斯·安德洛尼克斯》(*Titus Andronicus*) 之中一样，奥维德 (Ovid) 的《变形记》(*Metamorphoses*) 变成了舞台道具，即伊诺贞的睡前读物："她看书到深夜，/ 看的是忒柔斯的故事。折页处 / 正在菲洛梅尔屈服受辱的关口。"这个典故影射伊诺贞此时正遭受亵渎。不过，不同的是，在《泰特斯》中，拉维妮娅 (Lavinia) 引用菲洛梅尔 (Philomel) 的悲剧故事是影射她本人受到奸污，而亚基莫只用目光便破坏了伊诺贞的清誉。他将镯子从伊诺贞的腕上取下，象征了对她贞节的侵犯。在莎士比亚另一个有关女子遭到奸污的故事——长诗《鲁克丽丝受辱记》(*The Rape of Lucrece*) 中，塔昆 (Tarquin) 粗暴地压在受害者的胸上。但是在这里，亚基莫只是睁眼看着，动口不动手，特别注意到她左胸上独一无二的星形痣。是观众的眼剥下了衣服，而不是塔昆式人物的毒手。当亚基莫影射那位辣手摧花的皇帝——"我们的"罗马人塔昆，他以抒情的方式重写了《鲁克丽丝受辱记》中的那场夜戏："我们的塔昆 / 就这样蹑手蹑脚地走向女郎床前，/ 打算破坏她的贞节。"这样的措辞让人感觉温柔体贴而不是凶险邪恶："蹑手蹑脚"既表示偷偷摸摸又犹如恋人的触摸。"破坏"的说法大大降低了塔昆行为的严重性。这就高尚化了凌辱的场景——菲洛梅尔好似在梦境中放弃了抵抗，而不似是在《泰特斯》舞台上那般残酷的事实，观众因此更容易代入亚基莫的角色。观察并赞叹伊诺贞的睡姿之美似乎并不会造成什么伤害。可是，"猥琐的亚基莫"确实造成了伤害，由此导致了该剧一系列的曲折波澜，包括一出假死以及一起波塞摩斯对菲代尔（伊诺贞假扮）的毒打，最终才恢复圆满。

　　观众由此被迫面对其与亚基莫的同谋关系，他的凝视就是我们的凝视。莎士比亚通过描写卧室里的壁炉面饰来说明这一点。亚基莫在卧室里记录了"其中的故事"，并在后来对波塞摩斯如此叙述道：

壁炉在卧室的南面，

上面雕刻着贞洁的狄安娜女神沐浴。

我从未见过这样呼之欲出的雕像；

那雕刻家简直是无声的造化师，

他的作品除了不能活动，不能呼吸，

简直巧夺天工。

凝视集中于裸体出浴的狄安娜（Diana）女神：观众和亚基莫一同看到的是奥维德神话中年轻猎人阿克泰翁（Actaeon）曾经注目的场景。阿克泰翁因为将觊觎的目光落在贞节女神的身上，被变形为牡鹿，并最终被他自己的狗群撕为碎片。莎士比亚使用这个典故引入性欲自毁的主题。诗行几乎让我们忘记，我们实际上从没有看到那个壁炉面饰：我们实际所见的是伊诺贞的睡姿，而那也是通过亚基莫活色生香的独白而展示出来的。

壁炉上的雕刻就像《冬天的故事》（The Winter's Tale）中赫米温妮（Hermione）的雕像，都被赞为巧夺天工。在前面几行，亚基莫还描述了卧室中的挂毯，上面绣着罗马将领马克·安东尼（Mark Antony）在锡德纳斯河岸边初遇埃及女王克莉奥佩特拉（Cleopatra）的故事。这让人想到莎士比亚先于此剧前不久创作的《安东尼与克莉奥佩特拉》（Antony and Cleopatra）。安东尼的部下艾诺巴勃斯（Enobarbus）描绘在锡德纳斯河上的克莉奥佩特拉，真是美艳动人，令人向往。那空气尚不是"害怕给苍穹留下真空"，也一定与全城人一道，飞去观看女王。虚构的壁炉雕刻再现并且超越了这个场景：人物在艺术家手下简直就要发声走动，"呼之欲出"，尽管不能说话，但却巧夺天工。生命的气息脱离自然物，进入艺术作品。如果我们将狄安娜女神和伊诺贞联系在一起，女神似乎从壁炉面饰上袅袅而下，在舞台上化身为一位可爱的男童伶。这个形象让观众脑海里产生《冬天的故事》在表演中所传达的信息：艺术转化为真实的生命。凡此种种都表现了莎士比亚在晚期精湛的技艺和自觉的创造力。

1611 年，西蒙·福曼医生（Dr Simon Forman）在观看了《辛白林》之后，详细记述了亚基莫从箱子里出来的场景，其中给他留下最生动印象的是伊诺贞的卧室：

> 记得的还有英格兰国王辛白林的故事。当时卢修斯由屋大维·凯撒派来索要进贡，遭到拒绝之后，皇帝又派卢修斯率领一支大军在米尔福德港登陆进犯，后被辛白林击败，卢修斯被擒。建立战功的是三个不法之徒，其中两个是辛白林的儿子，另一个是被辛白林放逐的老人。这位老人在王子们两岁时将他们偷出王宫，二十年中对他们视同己出，在一个山洞里把他们抚养成人。一个王子杀死了克洛顿，即王后的儿子。克洛顿到米尔福德港是为了追杀公主伊诺贞的爱人，他因与公主私结连理，也被国王放逐。还有，一个意大利人如何经公主的爱人介绍，远道而来，潜入箱中，谎称其中放有公主爱人及其他人等进献给国王的礼物。在夜深人静之时，她沉沉入睡。他打开箱子，从中出来，看到她在床上，发现她身上的记号，取下她的镯子，后来向其亲夫污蔑她犯下通奸之罪，等等。最后，他与罗马人一起来到英格兰，成为囚犯，在伊诺贞面前被揭穿。其间，伊诺贞女扮男装，潜逃到米尔福德港与爱人见面，却在山野洞中碰上了她的两个哥哥。她服下了迷睡药，被误认为已经死亡，葬在林中。她身边摆放着克洛顿的尸体，身穿她爱人留下的衣服，接着她被卢修斯发现，等等。（《戏剧书》[Book of Plays]）

福曼的记录表明，一位细心的观众可以抓住一部错综复杂的莎士比亚戏剧中怎样的细枝末节——尽管他似乎也一时将克洛顿和波塞摩斯二人弄混，就像伊诺贞（菲代尔）那样。福曼的记录还说明了莎士比亚戏剧的观众在当时不太担心戏剧情节对频发巧合的依赖。不过，惹人注目的是，在剧情走向结束的时候，这位观众的热情已经消耗殆尽：最终的团聚和波塞摩斯梦见天神朱庇特（Jupiter）的降临，都没有提到。漫长的最后一幕神神怪怪，特别难以排演出效果。这最后一幕有时候被当作滑稽戏，经常遭到大幅削减，甚至还曾被萧伯纳（George Bernard Shaw）全面改写。

《辛白林》中从宫廷到乡野的情节安排与《冬天的故事》的结构相似，后者则更受欢迎、更为人熟知。这两出戏剧写作的时间相隔也许在一年之内，相似之处不胜枚举。一个男子受人谗言，认为妻子不忠，乃至于理性扭曲，破口大骂女性的种种劣迹：

……因为我断定

男人根本没有作恶的冲动，即使有，

也来自属于女人的那部分。请听好：

说谎是女人的习气；谄媚，女人的；

欺骗，女人的；肉欲和淫念，女人的；

报复心，女人的；野心、贪婪、接连的挥霍、

蔑视、恣意的淫欲、诽谤、反复无常，

一切可以罗列的，不，连地狱

所知道的罪恶，女人的，部分或是全部；

宁可说是全部……

事实上，在莎士比亚的作品中，以上列举的各种罪恶和缺点大部分可以在男人身上而不是在女人身上找到。恢复和谐的是女人——《泰尔亲王佩力克里斯》（*Pericles, Prince of Tyre*）中的玛丽娜（Marina）、《冬天的故事》中的潘狄塔（Perdita）、《辛白林》中的伊诺贞。

如同在《冬天的故事》中一样，在《辛白林》中，女性借助自然的力量才做到这一点。当我们来到户外，遇到以牧羊人模样出现的两位王子，宫廷中尔虞我诈的氛围才得到清除。也许可以说，莎士比亚的自然观察技

艺在《辛白林》中表现得最为敏锐。王子误以为菲代尔已死，心痛地呼号"像你的血脉一样蔚蓝的风铃花"。风铃花的颜色和构造非常近似人类血管的颜色和构造。伊诺贞和自然的联系可以追溯到卧室中的一幕。作为主要识别记号的是她胸口上"五点形的痣，好像莲香花芯的红斑"。除了真正的乡野农夫约翰·克莱尔（John Claire），难道还有别的英国诗人能够创造出这样的比喻吗？莎士比亚不但具有识别自然万物演变细节的尖锐眼光，还拥有诗人将自然恰当隐喻人事的高超才能。

《辛白林》既是一首田园幻想曲，还是一个神话故事，少不了邪恶的继母和毒药（多亏一个好心的医生，毒药到头来只是一种迷睡药），上演了一出罗马人进犯不列颠的悲喜剧，幸而有天神朱庇特的护佑。在第一对开本的目录表中，该剧的名称为《不列颠国王辛白林》。莎士比亚笔下的另一位不列颠国王是李尔（Lear），他的错误是将王国一分为三。第一对开本的编者们将《辛白林》归为悲剧，原因也许基于相同的国家历史和命运的庄严立场。《李尔王》（King Lear）中国家分裂，满目疮痍，表现的是一个负面的例子；不过，也许是为了让最初的观众感受当时詹姆斯国王（King James）兼摄苏格兰和英格兰两国王位不久所带来的升平局面，《辛白林》的圆满结局却是正面的："从没有这样结束过战争，/ 染血的手未洗，就这样庆祝和平。"

辛白林据传在基督降生的年头为不列颠国王，当时罗马皇帝是奥古斯都。莎士比亚戏剧的观众们大概知道在奥古斯都当政期间，尽管不列颠人靠贝拉律斯、吉德律斯、阿维古斯（分别化名摩根、波利多、卡德华）占据要道，以弱胜强在战争中取得了不可思议的胜利，辛白林最后同意向罗马进贡。剧终预示了"奥古斯都式的和平"，不列颠与罗马平起平坐。威尔士境内的米尔福德港是剧中一处关键地和参照点。最初的观众中那些具备政治和历史见识的也许会想到，正是在米尔福德港，亨利·都铎（Henry

Tudor）——《理查三世》（*Richard III*）中的里士满伯爵（Richmond），后来的亨利七世（King Henry VII）——于1485年登陆。同年，玫瑰战争结束，都铎王朝建立，接着扭转局面，在当代的罗马帝国面前占据了上风。不列颠作为上帝圣选的国家，成为奥古斯都帝国的接替者。

设想一下，如果詹姆斯国王观看这部戏剧：他也许会把自己当作辛白林和奥古斯都的复合体，既是不列颠国王，也是新罗马帝国的皇帝。从人物刻画的角度来看，辛白林国王的角色没有得到充分表现，可以说令人吃惊。他的内心世界从没有向我们打开，这方面他比不上李尔王以及本剧的公主伊诺贞。他在漫长的最后一幕所做的一切似乎就是提问，表示惊讶，宣布宽赦。不过，如果辛白林的角色意在影射不列颠国王詹姆斯，这一切就讲得通了。过于详细地探究君主的内心世界是不大妥当的。可以说，辛白林是理想的旁观者：在一场宫廷演出中，国王应该端坐在大殿的焦点位置。如果这场表演达到效果，国王的惊叹、疑问和宽容也就是我们观众的惊叹、疑问和宽容。

参考资料

剧情： 奥古斯都·凯撒执掌罗马皇位期间，不列颠国王辛白林有一个女儿和两个从小就被偷走的儿子。国王的第二位妻子，如今的王后有一个儿子，名克洛顿，辛白林原打算将女儿伊诺贞许配给他；但是她已与一位平民波塞摩斯·莱奥那图斯私结连理。辛白林将波塞摩斯放逐到罗马，在那里他遇到了亚基莫。亚基莫打赌说自己可以勾引伊诺贞。他赶往不列颠，发现伊诺贞忠贞难犯，于是密藏在她的卧室中，得到了种种证据，让波塞摩斯不得不相信亚基莫赢得了赌注。波塞摩斯命令其仆人皮萨尼奥在米尔福德港杀死伊诺贞。皮萨尼奥没有照做，反而劝她女扮男装成童仆，化名为菲代尔。在威尔士境内，伊诺贞遇到了自己的两个哥哥，他们是二十年前被遭到放逐的大臣贝拉律斯从王宫里偷出来的。克洛顿穿上波塞摩斯的衣服，追逐伊诺贞到威尔士，一心要奸污她，并要杀死波塞摩斯。结果，他反而被伊诺贞的大哥砍头杀死。而伊诺贞吃下一剂迷睡药之后，被误以为已经丧命。二人葬于一处。伊诺贞（菲代尔）苏醒后，加入进犯不列颠的罗马军队，这次进犯的直接起因在于辛白林拒绝向罗马进贡。波塞摩斯和两位王子表现神勇，战功卓著，击退了罗马军队。最后一场，谜团一一解开，个人恩怨得到化解，国家间也恢复了和平。

主要角色：（列有台词行数百分比／台词段数／上场次数）伊诺贞（16%/118/10），波塞摩斯·莱奥那图斯（12%/77/8），亚基莫（12%/77/6），贝拉律斯（9%/58/6），辛白林（8%/81/6），克洛顿（7%/77/7），皮萨尼奥（6%/58/10），吉德律斯（5%/62/6），王后（5%/27/5），阿维古斯（4%/46/5），卡尤斯·卢修斯（3%/25/5），考尼律斯（2%/13/2），贵族甲（2%/10/1），狱卒甲（1%/9/1），贵族乙（1%/20/3），菲拉里奥（1%/14/2）。

语体风格：诗体约占 85%，散体约占 15%。

创作年代：1610 年。西蒙·福曼在 1611 年 4 月观看过一次演出；创作貌似晚于博蒙特（Beaumont）和弗莱彻（Fletcher）的《菲拉斯特》（*Philaster*，1608—1610 年）；很可能在 1610 年春，剧院因瘟疫流行长期关闭后再次开放之时；对威尔士的突出也许暗示创作于亨利（Henry）受封为威尔士亲王之时，即 1610 年 6 月；1610—1611 年冬，或许在宫廷演出过。

取材来源：涉及辛白林、吉德律斯、阿维古斯和侵入不列颠的罗马人的基本情节源自霍林谢德（Holinshed）《编年史》（*Chronicle*，1587 年版）

中的一个粗略梗概；英雄们占据要道的抵抗之举来自霍林谢德著作中的其他地方。关于忠贞妻子的打赌故事可以借由匿名作者的散文体传奇剧《延嫩的弗雷德里克》（*Frederyke of Jennen*，1560 年版）追溯到薄伽丘（Giovanni Boccaccio）的《十日谈》（*Decameron*，第二日第九则故事）。将伪史与传奇剧结合起来的灵感也许得自博蒙特和弗莱彻的新作《菲拉斯特》，该剧是詹姆斯一世期间上演的一出创新的悲喜剧；内有女扮男装的少女，心怀不轨的老妇，忠贞的淑女被责犯有不法奸情，高贵的男主角与卑劣的王子之间的对照，公主未经许可与平民通婚，从宫廷到乡野的场景变换，以及换衣冒名的元素。不过，有的学者认为是《辛白林》影响了《菲拉斯特》，而不是相反。

文本：1623 年的第一对开本是唯一文本。或许排印自拉尔夫·克兰（Ralph Crane，国王剧团抄写员）的抄录。印刷的文本质量较高，不过也有一些地方需要改正，特别是"排字工人戊"（Compositor E）排版的部分，他是印刷厂技能最差的员工。在霍林谢德《编年史》与西蒙·福曼的观剧笔记中，女主人公都称为"伊诺贞"（Innogen）；该名还出现于《无事生非》（*Much Ado About Nothing*）以及同时代作家托马斯·海伍德（Thomas Heywood）与迈克尔·德雷顿（Michael Drayton）的作品中。当时，"伊慕贞"（Imogen）之名并不存在，并且莎士比亚后期剧作的女主人公都被赋予具有象征意味的姓名：玛丽娜＝来自海洋，潘狄塔＝失落之人，米兰达（Miranda）＝钦慕的缘由，伊诺贞＝纯真之人。这些充分说明对开本的 Imogen 应该是微小的抄写或排版错误，实为 Innogen。对此，我们已经作出相应更改。

乔纳森·贝特（Jonathan Bate）

辛白林

辛白林，不列颠国王

伊诺贞，辛白林与其前妻之女，
　后来化名为菲代尔

王后，辛白林的第二位妻子

克洛顿，王后之子，辛白林的继
　子

波塞摩斯·莱奥那图斯，伊诺贞之
　夫

皮萨尼奥，波塞摩斯的仆人

考尼律斯，医生

宫女，伊诺贞的侍女，名海伦

二贵族，克洛顿的侍臣

二绅士

二不列颠将领

二狱卒

贝拉律斯，被放逐的贵族，化名摩
　根，住威尔士

吉德律斯 ⎫ 辛白林之子，贝拉律
阿维古斯 ⎭ 斯之义子，分别称为
　波利多和卡德华

菲拉里奥，意大利人，在罗马收留
　波塞摩斯

亚基莫，意大利贵族，菲拉里奥
　之友

一法兰西人

一荷兰人

一西班牙人

卡尤斯·卢修斯，罗马军队主将

预言师，名费拉蒙努斯

二罗马元老

一罗马护民官

一罗马将领

朱庇特

西塞律斯·莱奥那图斯的鬼魂，波
　塞摩斯之父

波塞摩斯母亲的鬼魂

波塞摩斯两兄长的鬼魂

贵族，侍从，信差，乐师，罗马
　护民官，不列颠与罗马将领、兵
　士各数人

第一幕

第一场 / 第一景

不列颠王宫

二绅士上

绅士甲　你所遇之人无不紧锁眉头；

　　　　我们的性情不再服从天命，

　　　　侍臣们对国王只是假意逢迎。

绅士乙　可是到底怎么回事？

绅士甲　国王最近娶的那个寡妇有一独子，

　　　　国王打算将公主，就是王位继承人，

　　　　许配给他。可是公主偏偏看上

　　　　一位贫穷的才子。他俩私结连理，

　　　　结果她丈夫遭放逐，她也被幽禁。

　　　　所有人看来都愁容满面，但我想

　　　　国王才真是苦在心头。

绅士乙　痛苦的只有国王本人吗？

绅士甲　没能娶到公主的人当然也痛苦；

　　　　还有王后，她顶希望这门婚事能成。

　　　　侍臣们看到国王的神色，

　　　　也跟着拉长了脸，但无不

　　　　盯在眼中乐在心头。

绅士乙　何以如此呢？

绅士甲　得不到公主的那个家伙

坏得无法形容。得到她的那个人，
我是说娶到她的那个人却遭放逐，
啊！他才是好男儿！不愧造化垂青，
走遍世界也找不出另一个人
可以和他相提并论。我想，
除了他，这世上再也没有
这样一位外表英俊潇洒、
内心丰富充实的人啰。

绅士乙　你太高抬他啦。

绅士甲　先生，我并没有言过其实，
我只是简述，还没有照实详谈
他的优点。

绅士乙　他姓甚名谁，出身怎样？

绅士甲　追根问底并非我之所能；
他的父亲名叫西塞律斯，曾经
与卡西伯兰[1]合力抗击罗马人，
又追随特南休斯[2]驰骋疆场，
屡立战功，令人赞赏，
这才获赐姓莱奥那图斯[3]。
除了我们讲到的这位公子，
老英雄还有两个儿子，
都在当时的战争中阵亡。
老父丧子，真是痛彻心扉，

1　卡西伯兰（Cassibelan）：辛白林的伯父。
2　特南休斯（Tenantius）：辛白林的父亲。
3　莱奥那图斯（Leonatus）：拉丁文，意思是"狮子所生"。

由于伤心过度，命落黄泉。
却说这位公子尚在母腹，
可出生后，母亲也撒手人寰。
国王收养了这个婴儿，取名
波塞摩斯·莱奥那图斯，
教养他，让他作为贴身侍从，
一切学问统统让他学习。
他接受学问就像我等吸纳空气，
青春年少，就已有丰富收获；
他住在宫中，真是稀有难得，
得到千般赞美，万般喜爱；
他是少年的楷模，青年的借镜，
对老成者，他是足资取法的后生。
说到他的爱人，他俩将天各一方，
她的价值[1]也说明珍爱的程度；
公主选中贫士，就足以看出
他有怎样的人品。

绅士乙　就冲你的这番话，我也要敬重他。
不过请问，公主是国王唯一的孩子吗？

绅士甲　确是国王唯一的孩子。
你如果不烦听，我就给你讲：
国王曾有两个儿子，大的才三岁，
小的尚在襁褓，就被人从育儿室偷走。
直到现在，任凭怎样打探与猜测，
也不知道他们的下落。

1　她的价值：原文为 her own price，指她的贤良淑德。

绅士乙	此事已过去多久？
绅士甲	大约二十年了。
绅士乙	国王的孩子竟这样被人偷走，
	防护如此疏漏，搜寻如此迟缓，
	竟然查不到他们的踪迹。
绅士甲	这固然十分蹊跷，
	当事人的懈怠也着实可笑，
	不过情况就是如此，先生。
绅士乙	我姑且相信你。
绅士甲	我们必须打住。
	那位公子、王后和公主都来了。 同下

王后、波塞摩斯与伊诺贞上 [1]

王后	不，你尽管放心，女儿，
	我不会像谣言所说的继母
	那样仇视你。你由我来监管，
	但是你的狱卒却将囚禁你的钥匙
	交付给你。至于你，波塞摩斯，
	一旦我能让恼怒的国王回心转意，
	就保证会为你进言。你看看，
	他现在怒火未消，你最好
	做个聪明人，耐心接受
	他对你的判决吧。
波塞摩斯	启禀王后，

---

1 波塞摩斯（Posthumus）：拉丁文，意指"死后"。上文提到，他父亲在他出生前就已经去世，母亲产下他后也撒手人寰。伊诺贞（Innogen）：第一对开本作 Imogen，估计是排印或抄写错误。在莎士比亚的原始材料中她被称作 Innogen，表示"天真纯洁"的意思。

    我今天就离开这里。

王后   你知道滞留此地的危险。

    我现在要到园子里走一圈，

    虽然国王下令不许你们说话，

    我却可怜你们心意难表的痛苦。   下

伊诺贞   啊！虚伪的客套。这恶妇暗中伤人，

    还不忘寻开心。我最亲爱的夫君，

    我有些害怕父王的怒气，

    但对他我从不失神圣的孝心，

    他的怒火不会将我怎样。

    你得走了，而我在这里时刻

    忍受怒目扫射，活着也无慰藉。

    但是只要世间还有你这件珍宝，

    我总有一天会再次看到。

波塞摩斯   我的女王！我的情人！

    哎，夫人，不要哭泣，否则他人

    将以为我悱恻缠绵，不像男子汉。

    我将信守我们的海誓山盟，

    永远做一个最忠实的丈夫。

    到了罗马，我将住在菲拉里奥家。

    他是我父亲生前的朋友，与我

    曾有书信往来：你写信就寄到那里，

    我的女王，你写的每个字就算

    蘸着胆汁[1]，我也愿一点点吮吸。

---

1 胆汁（gall）：昆虫在橡树干上留下的分泌物，可用于制造墨汁；肝脏分泌物，借指心里的苦
    涩和怨恨。

王后上

王后　　请你们少说两句。

如果国王来了，又不知要招惹

他发多大的怒气。——（旁白）我会引他

来这里：我没有对他不起，

是他自己把我的恶意当作好心，

不管我的冒犯，反而重重赏我。　　　　　　　　　　下

波塞摩斯　这临别的时光

即便长达我们的有生之年，

也不过徒增难舍的痛苦。再会吧！

伊诺贞　　不，稍等片刻：

即使你只是骑马兜风，

这样分别也太轻率。你瞧，爱人，

这颗钻石原是我母亲所有；（递过一戒指）拿去吧，心肝，

好好保存着它，直到伊诺贞死后，

你另娶新欢之时。

波塞摩斯　什么？什么？另娶新欢？

慈悲的神哪，我只要你们现在给我的妻子，

请你们用死亡的锁链绑住我爱的怀抱，

拒绝接纳另外一人。（戴上戒指）愿我有生之日，

你就一直留在这儿！最甜最美的人哪，

我这等贫贱，竟然换得你的青睐，

你的付出无以复加。即使是交换信物，

我也欠你许多。为了我的缘故

请戴上这个，这是爱的手铐，

套住了最美丽的囚犯。（将一手镯套在她腕上）

伊诺贞　　神哪！

我们什么时候再相见？

辛白林及众贵族上

波塞摩斯　哎呀！国王来了！

辛白林　　你这最下贱的东西，从这里滚开！

　　　　　　不要再让我看见你！此令一出，你这败类

　　　　　　如果再混迹宫廷，休想活命。滚开！

　　　　　　你是败坏我血统的毒药。

波塞摩斯　神保佑你，

　　　　　　祝福留在宫中的好人们！

　　　　　　我走了。　　　　　　　　　　　　　　　　　　　　下

伊诺贞　　就算死亡的痛苦

　　　　　　也不会比这更强烈。

辛白林　　不孝的东西呀！

　　　　　　你本该让我焕发青春，

　　　　　　反倒在我身上让岁月留痕。

伊诺贞　　我请求您，父王，

　　　　　　不要让烦恼伤害您的身子。

　　　　　　我现在可顾不上您的气愤；一种高贵的

　　　　　　真情压倒一切痛苦、一切恐惧。

辛白林　　羞耻也不顾？孝道也不讲？

伊诺贞　　一切希望化为绝望，还说什么羞耻[1]。

辛白林　　你本来可以嫁给王后的独生子。

伊诺贞　　啊，我幸而没有嫁给他！我选择了一只鹰，

1　原文 grace 一语双关，这里译为"羞耻"，该词还表示上天的慈悲与拯救。辛白林用第一种意
　　思，指责女儿失仪；伊诺贞则主要取第二种意思，暗讽父王毒辣。中译选词无法兼顾。——
　　译者附注

躲开了一只鸢。[1]

辛白林　　你选择了一个乞丐，

要让贱种占据我的王位。

伊诺贞　　不，我其实是给王位增光添彩。

辛白林　　啊，你这贱人！

伊诺贞　　父王，

我爱上波塞摩斯，说错也是您的错：

您抚养他，叫他成为我的玩伴。

他配得上任何一个女人，

他的价值超过我的一切。

辛白林　　什么？你疯了吗？

伊诺贞　　差不多，父王；愿上天恢复我的理智！

我愿做一个牧牛人的女儿，愿莱奥那图斯

是邻家牧羊人的儿子！

王后上

辛白林　　你这混账！——

（对王后）他们俩又在一起，

你没有遵照我的命令[2]。——

把她带走，关起来。

王后　　　请您息怒。别说了，好女儿，

别说了！亲爱的主上，

让我和女儿谈谈，您轻松一下，

再将这件事考虑仔细。

1　鹰（eagle）胜过鸢（puttock），伊诺贞分别以鹰和鸢借指波塞摩斯和克洛顿，显示她对二人
　的不同态度。

2　原文为 our command。君主或位高权重之人使用 we/our/us，指代其本人。——译者附注

辛白林	不，就让她花容憔悴，
	每天失去一滴血；等她人老珠黄后，
	为这件蠢事死去。 辛白林及众贵族下

皮萨尼奥上

王后	呸！你[1]必须得让步。
	你的仆人来了。——怎样啦？先生，有何消息？
皮萨尼奥	您的公子与我家主人拔剑相向了。
王后	哟？
	我想没出事吧？
皮萨尼奥	要不是我家主人压住怒火，
	没有真打，只是随便比画了两下，
	真可能已经出事啦；
	他们被近旁的人拉开了。
王后	这样我很高兴。
伊诺贞	你儿子是我父亲看中的人，竟然向
	一个被放逐的人挥剑。真勇敢哪！
	我倒情愿他俩在荒漠[2]里打斗，
	我自己拿根针在一旁，谁往后退，
	我就刺谁。——你为何不与你主人在一起？
皮萨尼奥	奉他的命令，他不允许我
	把他送到港口。他留下一张字条：
	无论什么时候，您如有事差遣我，
	都要我听从您的命令。
王后	这人一直是你们的忠实仆人；

---

1 到底指辛白林还是伊诺贞，并不清楚。

2 原文为 Afric，此处泛指荒漠。在这样的地方打斗不会有人干预调解。

　　　　　　　　我敢以我的名誉打赌，他一定会仍然

　　　　　　　　效忠于你们。

皮萨尼奥　　多谢王后夸奖。

王后　　　　（对伊诺贞）我们出去走一会儿吧。

伊诺贞　　　（对皮萨尼奥）约半小时后，请你向我回话。

　　　　　　　　你至少应该送我丈夫上船。

　　　　　　　　现在你去吧。　　　　　　　　　　　　　众人下

第二场　　/　　景同前

克洛顿与二贵族上

贵族甲　　殿下，我劝你换一件衬衣；这一场恶战下来，你浑身冒着热
　　　　　　气，活像献祭的牲口。热气冒出来，空气就钻进去，这外面
　　　　　　的空气可没有你冒出来的气那么干净。[1]

克洛顿　　我的衬衣如果沾了血，就得换一件。我伤了他吗？

贵族乙　　（旁白）实在没有，甚至没让他失去耐心。

贵族甲　　伤了他吗？他要是没受伤，他的身体就是一具洞穿的皮囊；
　　　　　　他要是没受伤，他的身体就是一条刀剑横飞的大道。

贵族乙　　（旁白）他的剑大概欠了债，只好从偏僻小道溜走。[2]

克洛顿　　那混蛋不敢跟我对抗。

1　意指克洛顿呼出的气体比外面的空气还要清洁。此话既是挖苦，也是巴结。
2　欠债人远远瞅见债主，不敢碰面，只好从岔路溜走。此处"他"指克洛顿，即克洛顿的剑根
　　本没打到对方身上。

贵族乙	（*旁白*）确实不敢，可他迎面而逃，直向你冲过来。
贵族甲	和你对抗？你占据的地面已经够多，他还要将落脚地拱手奉送，让你增添地产。
贵族乙	（*旁白*）你有多少海洋，他就让给你多少寸土地。[1] 狗奴才！
克洛顿	我倒不希望他们把我们劝开。
贵族乙	（*旁白*）我也不希望，好让你倒在地上，量一量你是多么长的一个蠢材。[2]
克洛顿	她竟然拒绝我，爱上那个家伙！
贵族乙	（*旁白*）如果选择[3]正确也算罪过，那她活该受惩罚。
贵族甲	殿下，我常对你说，她的美貌和她的头脑并不相符。她有一副姣好的外表，但我看不出有什么智慧的反光。
贵族乙	（*旁白*）她不会向傻瓜放光，否则反光会让她自己受伤。[4]
克洛顿	来，我要回房间去；要是让他受些伤就好啦。
贵族乙	（*旁白*）我并不这么想；除非是一头蠢驴栽了跟头，可是那也算不上多大伤害。
克洛顿	你们愿意跟我走吗？
贵族甲	我愿意奉陪殿下。
克洛顿	那么，来吧，我们一起走。
贵族乙	遵命，殿下。 众人下

---

1 克洛顿当然没有一点海洋，以此推论，也就没有得到寸土。
2 意指克洛顿会被直挺挺地打倒在地。
3 选择（election）：此处是双关语，据基督教加尔文派教义，上帝的选民才能够得到拯救。
4 "反映"和"反光"在原文都是同一个词 reflection，贵族甲虚指，而贵族乙虚实兼有。意思是公主伊诺贞的智慧之光如果投射到傻瓜克洛顿身上，没法被吸收，反射回来会使自己眩晕。

第三场 / 景同前

伊诺贞与皮萨尼奥上

伊诺贞　我愿你扎根在港口的岸边，
　　　　询问每一艘来往的船舶：如果他写信，
　　　　而我没有收到，那就等于
　　　　犯人遗失了一封赦书。
　　　　他最后对你说了些什么？

皮萨尼奥　说的是他的女王，他的女王。

伊诺贞　然后挥动他的手帕了吗？

皮萨尼奥　还亲吻了它哩，公主。

伊诺贞　那没有感知的麻纱布啊，比我还有福！
　　　　这就完了吗？

皮萨尼奥　还没有，公主；当我的眼睛和
　　　　耳朵，还能从人群中将他分辨，
　　　　他一直站在甲板上，不断挥动
　　　　手套、帽子或手帕之类的物件
　　　　表达他内心的冲动与激荡，
　　　　说明他的灵魂依依难舍，
　　　　但船儿却急急驶去。

伊诺贞　你应该紧盯着他，
　　　　直到他的人影变得像乌鸦那么小，
　　　　甚至再微小一些。

皮萨尼奥　公主，我是这么做的。

伊诺贞　要是能望到他，我情愿望穿双眼，

　　　　　　撕裂我的眼腱[1]，直到邈远的距离
　　　　　　将他收缩得像我的针尖一般大小；
　　　　　　不，我的眼神会追随他，直到他看似
　　　　　　细微的蚊蚋在空中消失，然后我才会
　　　　　　收回目光开始哭泣。可是，好皮萨尼奥，
　　　　　　我们什么时候才能听到他的消息？

皮萨尼奥　　不用担心，公主，
　　　　　　他一有机会，就会来信。

伊诺贞　　　我没有和他道别，但还有
　　　　　　许多柔情蜜意要讲：我还没有说
　　　　　　在某些时辰我将如何如何想他；
　　　　　　我还没有让他赌咒发誓，
　　　　　　不要让意大利的女人们侵占
　　　　　　我的利益和他的荣誉；还没有要求
　　　　　　他在清早六点、中午和半夜时分[2]，
　　　　　　在祈祷中与我相会，因为那时候
　　　　　　我会在天堂等他；我还没有给他
　　　　　　离别的热吻，我原打算在符箓一般的
　　　　　　三言两语[3]之间献上热吻，
　　　　　　父亲就来了，像一阵横暴的北风
　　　　　　摧残了我们含苞欲绽的爱意。

1　眼腱（eyestrings）：旧传人死或目盲时，眼腱就会断裂。
2　这三个时辰是基督教会指定的祈祷时间。
3　意指将言辞用作护身符，以驱除邪魔。

一宫女上

宫女 公主，王后请您
前去见面。

伊诺贞 我吩咐你的事情，赶快去办好。
我这就去见王后。

皮萨尼奥 遵命，公主。 众人下

第四场 / 第二景

罗马

菲拉里奥、亚基莫、一法兰西人、一荷兰人与一西班牙人上

亚基莫 相信我，先生，我曾经在不列颠见过他；那时他如初月升空，
刚刚崭露头角，人们对他抱有很高的期望，以后他的表现也
不负众望。但是，我那时候对他并不钦佩，即便他的才学已
经像列好的清单一样，可以随身携带，让我逐条阅览。

菲拉里奥 你所说的他，那时候才华还不充实饱满，哪赶得上他如今里
里外外的仪表和学识。

法兰西人 我在法兰西见过他：在我们那里，像他那样能够睁眼望日、
灼灼其华的人有的是。[1]

亚基莫 这次他和国王的女儿缔结连理，凭的是公主高贵的身价，而
非他自己的才华。我敢说，这一定使他在众人口中格外身价

---

1 意指法兰西有许多像波塞摩斯一样高贵的人才。据传，鹰作为最高贵的鸟类能够直视太阳。

倍增，与事实相去甚远。

法兰西人 还有，他遭到放逐也让人同情。

亚基莫 是呀，还有那些站在公主一边的人，看到他们俩硬生生被拆散，难免会洒同情之泪，也会拼命地吹捧他，只为了证明公主并非由于见识短浅的错误，才挑选了一位毫无足取的乞丐。不过，他怎么住到你的府上？你们是怎么认识的？

菲拉里奥 他父亲和我曾经一起当过兵，打过仗，对我多次有救命之恩。

波塞摩斯上

这位不列颠人来了。你们都是见多识广的绅士，就按照适合他这种异国人的身份来接待他吧。我来介绍这位先生让诸位认识认识，他是我的一位尊贵的朋友。他到底有怎样的才华，我现在不必当着他的面喋喋不休地吹捧，留待以后的事实来证明。

法兰西人 先生，我们在奥尔良就相识了。

波塞摩斯 从那时候起，我就欠着你的深情厚谊，恐怕永永远远还也还不清。

法兰西人 先生，区区小事何足挂齿，你过奖啦。能为你和我的国人从中调停，我很乐意。你们当时为了那么一点不起眼的小事，如果真要动手分出高低，争一个你死我活，那才不值得哩。

波塞摩斯 请你原谅，先生，我当时还是一个年轻的游子，只把别人的话当作耳旁风，干起事来更是我行我素，不愿效法他人经验。但是从我如今有所长进的见解来看——你别怪我自称有所长进——我当时争吵的意义不算微不足道。

法兰西人 不错，两个人闹到靠刀剑来解决问题，很可能你死我活，或是同归于尽。这么看来，争吵的意义确实不小。

亚基莫 能否冒昧问一句，当时争吵的分歧是什么？

法兰西人 我不妨来说说。那是一场公开的争吵，公布出来也没有什么不利。就像昨晚发生的辩论一样，我们每一个人都卖力夸耀本国的女子。这位绅士当时一口断定，并且不惜以流血证明，他的爱人比我们法兰西任何一位最出色的女郎都更美丽、更贤淑、更聪明、更贞洁、更忠实、更加多才多艺、更加不可亵渎。

亚基莫　那位女子要么已死，要么这位绅士的观点已变。

波塞摩斯　她的美德依然如故，我的主张也依然未变。

亚基莫　你不可以说她超过我们意大利的女人。

波塞摩斯　我在法兰西那般激动，现在对于她的赞美也不减毫分，尽管我自认只是她的崇拜者，而非她的意中人。

亚基莫　人们虽然常将美丽和贤淑相提并论，但是你们不列颠的女人，却没有一位称得起美丽与贤淑的美誉。要是她超过我所见过的女人，就像你戴的钻石让我所见过的许多钻石都黯然失色，那么我不能不相信她的确比许多女人要好；可是，我既没见过什么最珍贵的钻石，你也没见过最出色的女人。

波塞摩斯　我赞美她是按质论价，我的钻石也是一样。

亚基莫　你对它估价几何？

波塞摩斯　超过全世界所有的一切。

亚基莫　要么你无敌的情人已死掉，要么她的价值也微不足道。

波塞摩斯　你错了。钻石可以出售，也可以赠送；钱财够了就可以买到，交情够了也可以赠送。情人却不可以买卖，而是神的恩赐。

亚基莫　神已经把这样的恩赐赏给你了吗？

波塞摩斯　多谢天恩，我还会永远将之保存。

亚基莫　名义上你可以把她据为己有，不过你要知道，野鸟专爱落在邻家的池子上 [1]。你的戒指也可能被偷走，你那无价的美人难

1　意指一个人的妻子也许被邻人勾引而失身。"野鸟"与"池子"充满性暗示。

保不会被别人染指。一个轻薄，一个易损。如果有狡黠的盗贼，或是风流的官人，难保不会把这两样一起骗走。

波塞摩斯 你们意大利没有这样风流的官人，能够克取我爱人的贞操，如果你所谓的轻薄就是指贞操能否保持。我不怀疑你们有的是盗贼，可我并不因此为我的戒指担心。

菲拉里奥 就此打住，诸位先生。

波塞摩斯 先生，我非常愿意。这位尊贵的先生，我谢谢他，他没把我当作外人，与我一见如故。

亚基莫 只要我有机会直接见到你美丽的爱人，跟她攀上交情，至多只要经过五次交往，我就能让她暗动芳心，忘却旧情，甚至使她投怀送抱，让我随意摆布。

波塞摩斯 不会，不会。

亚基莫 对此我敢拿我的一半家产对你的戒指作注，我认为这价值要比你的戒指贵重不少；可是我打赌的目的不是要破坏她的名誉，而是要打击一下你的自信。为了使你不见怪，我敢对世上任何女子作同样的尝试。

波塞摩斯 你这样胡言乱语、肆无忌惮，我相信，你一定会为你的尝试付出应有的代价。

亚基莫 什么代价？

波塞摩斯 一顿拒斥，虽然你所谓的尝试应该不只是被拒，还应受到严惩。

菲拉里奥 二位，别说了，这场争论来得太突然，就让其自生自灭吧。我倒请你们二人交个朋友。

亚基莫 为了证明我所说的话，我情愿投下我的财产，加上我邻人的财产，作为赌注。

波塞摩斯 你要向哪一个女人进攻？

亚基莫 你的女人，对于她的忠贞你是那样有把握。我以一万金币作注，跟你的戒指打赌。要是你把我介绍到她居住的宫廷里去，只要经过两次见面谈话的机会，我就可以将她的贞操夺下，你别以为有什么万无一失的保障。

波塞摩斯 我也拿金钱和你的金钱打赌；我的戒指是我手指的一部分，和手指同样珍贵。

亚基莫 你到底是她的意中人，这一招算你聪明。就算你花一百万金币买女人半钱的肉，你也无法保藏得使它不腐烂。但是我看你是有些信教的，所以你害怕了。[1]

波塞摩斯 你习惯于胡言乱语，我倒希望你不要开玩笑。

亚基莫 我说的话，我自己便可以做主。我发誓，只要我说过的话，就一定要办到。

波塞摩斯 真的吗？我只是把我的戒指借给你，等你回来再说；我们要立个契约。我爱人的美德远非你卑劣的想法所能企及。我看你敢不敢和我打赌：这是我的戒指。

菲拉里奥 我不准你们打赌。

亚基莫 神明在上，都是一样。如果我不能带给你充分证据证明我已经享用过你爱人身上最珍贵的部分，我的一万金币就属于你，你的戒指也物归原主。如果我返回之时，她的贞操像你所信赖的那样完好无缺，你的宝贝情人、你的戒指和我的金币就都属于你。条件是你得介绍让我和她自由交流。

波塞摩斯 我接受你的条件，让我们这就把契约订下。但是你必须得负如下责任：如果你染指于她，并且直接向我证明你已经得手，我就不再与你为敌，因为她不值得我们争执；如果她始终不受你的勾引，你又不能证明她已失身于你，那么为了你的恶语伤人，为了你破坏她贞节的举动，你必须拿剑来向我交代。

---

1 典出《圣经·旧约·诗篇》第 111 章第 10 节：敬畏耶和华是智慧的开端。

亚基莫	我们握手，立下契约。我们请律师把这些条款记下，然后我直接去不列颠，以免这桩交易冷淡下来，无果而终。我去取金币，并且把我们双方的赌注都登记下来。
波塞摩斯	一言为定。　　　　　　　　　　　　　波塞摩斯与亚基莫下
法兰西人	你看他们是否当真？
菲拉里奥	亚基莫先生绝不会改变主张。我们跟着他们去吧。　　　众人下

第五场　　/　　第三景

不列颠王宫

王后、众宫女与考尼律斯上

王后	趁地上露水未干，来把那些花儿采， 要赶快。花的单子在谁手里？
宫女	在我这儿，王后。
王后	快去吧。　　　　　　　　　　　　　　　　　　众宫女下 大医师，你把那些药带来了吗？
考尼律斯	启禀王后，带来了：这就是。（呈上一小匣） 不过，恳请王后不要见怪， 出于良心，我要问一句： 您为何命令我带给您这些剧毒的药剂？ 其药性虽然缓慢，但是人服下后， 就会衰竭而死，无药可治。
王后	我很奇怪，医师，

你会向我提这样的问题。我做你的学生
不是已经好久了吗？你不是已经教过我
如何制造香水？如何萃取？如何保鲜？
是呀，我们伟大的国王不也时常
央求我给他一些制剂？我已经取得
如此进步，除非你认为我居心不良，
难道我不应该在其他方面进一步
充实我的知识吗？我打算在那些
不值得处以绞刑的动物身上，
而不是在人身上，试试你的这些
药剂的效力如何，然后再施以解药，
通过这样的做法，考察它们
各种各样的药性和效果。

考尼律斯　　启禀王后，
您做这样的试验只会使您心肠变硬；
另外，观察这些药剂的效果，
不但会感染毒性，还会败坏道德。

王后　　　　啊，你且放心。——

皮萨尼奥上

（旁白）来了一位献媚的奴才，
我将先从他下手。他忠于他的主子，
与我儿子为敌。——怎么样，皮萨尼奥？——
医师，现在你没有什么别的事了，
请便吧。

考尼律斯　　（旁白）我实在怀疑你的居心，王后，
但是你害不了人。

王后　　　　（对皮萨尼奥）你听着，我有话要说。

考尼律斯　（旁白）我可不喜欢她。她自以为
　　　　　拿着慢性的猛药；可我知道她的心思，
　　　　　我不会拿那种危险的毒药给她去害人。
　　　　　她拿到的药剂只会让人片刻昏迷，
　　　　　为了验证效果，她一开始或许会
　　　　　先拿猫狗做试验，而后用于人体。
　　　　　这药能造成死亡的症状，
　　　　　可是并无危险，只不过暂时
　　　　　把人的精神封闭起来；
　　　　　醒来之后，会格外精神饱满。
　　　　　王后还不知我用假药将她蒙骗；
　　　　　我越骗她，倒越显不虚假。

王后　　没别的事了，医师，
　　　　　有事再派人请你。

考尼律斯　恭请告退。　　　　　　　　　　　　　　下

王后　　你说她还在哭吗？你看她到时候
　　　　　会不会冷静？她现在是情迷心窍，
　　　　　以后会不会听从别人的劝告？
　　　　　你去劝说一番，我等你的回音。
　　　　　要是她说爱我的儿子，我就立刻宣告
　　　　　你和你的主人地位一样高，甚至更高。
　　　　　因为波塞摩斯的命运已濒临绝境，
　　　　　他的名声气数已尽。他既不能回乡，
　　　　　也不能继续住在现在的地方。
　　　　　换个住处对他来说只是去了旧愁
　　　　　又换新忧。他每过一天只是徒增
　　　　　一天的消耗。这家伙已经东倒西歪，

你还能指望他给你什么依靠？
他既不能改头换面重新做人，
也没有朋友可以为他撑腰。（她丢下小匣，皮萨尼奥拾起）
你所捡起的，你可不知道
是什么东西；不过，既然有劳你
捡起，你就拿去吧。这是我
制作的东西，救过国王五次性命。
我不知道还有什么更灵验的妙药。
不，请你拿去吧，这不过是一点
甜头，我以后还会给你更多好处。
告诉你的女主人她是什么处境，
就用你自己的口气说给她听。
你想想，换个主子你将时来运转，
公主还是你的主子，再加上我儿子，
他会对你另眼相待。你要怎样的
富贵功名，我都会说动国王将你提拔；
至于我本人，既然鼓动你邀功请赏，
一定会重重谢你。喊我的侍女来，
想一想我的话吧。——　　　　　　　　皮萨尼奥下
　　　　　　　　　　这个奴才狡猾又忠贞，
谁也不能动摇他的心，
他为主人效命，就是提醒她坚守
对丈夫的婚约。我已经把毒药给他，
他要是服下，就再也没人为公主跑腿，
向她的爱人传递消息；从今往后，
如果她不回心转意，免不了也要
尝尝这个滋味。——

皮萨尼奥及众宫女执花上

　　　　　　　　　　好，好！干得好，干得好！
这些紫罗兰、莲香花、樱草花
都送到我的房间去。再会，皮萨尼奥，
想一想我的话。　　　　　　　　　　王后及众宫女下

皮萨尼奥　我是要想一想，
可是如果我不忠于我的好主人，我宁愿掐死
我自己；这就是我将为你做的事情。　　　　　下

第六场　／　景同前

伊诺贞独自上

伊诺贞　狠心的父亲，奸诈的继母，
还有一个胡搅蛮缠的求婚者，明知我是
有夫之妇，丈夫已被放逐。啊，丈夫！
正是我伤痛的心尖！还有那些不断的麻烦！
要是我也像我的两个哥哥一样，
从小就被人偷走，那倒也舒畅；
那些心高志远的人往往含辛茹苦，
那些小人物愿望朴实，反而天公作美，
诸事顺遂。哎，谁来啦？

皮萨尼奥与亚基莫上

皮萨尼奥　公主，罗马来的一位高贵绅士，

　　　　　带来了我主人的信件。

亚基莫　公主，您的脸色怎么变啦？[1]

　　　　　尊贵的莱奥那图斯安全无忧，

　　　　　并且向您致以亲切的问候。（呈上一信）

伊诺贞　多谢，好先生，

　　　　　欢迎你的到来。

亚基莫　（旁白）她的仪表可真是华丽无比！

　　　　　要是她再有同样高贵稀有的心地，

　　　　　那她就是独一无二的凤凰[2]，我的赌注

　　　　　就算输掉。让勇气来帮忙，

　　　　　让我浑身上下挥洒一种放浪，

　　　　　或者像安息人边战边退[3]，

　　　　　而不是一味逃避。

伊诺贞　（读信）"此君名高德韶，我承他厚待，感激不已。望你以礼相

　　　　　待，如你之待我。莱奥那图斯。"

　　　　　我只念出这么一段，

　　　　　信里其余的话也让我心中

　　　　　一片温暖，充满感激。

　　　　　尊贵的先生，我要用一切言语

　　　　　向你表示欢迎，并在我能力之内

1　表面上指脸色改变，但也暗含情感改变之意，这是亚基莫乐意看到的。

2　凤凰（th'Arabian Bird）：即 phoenix，是神鸟。据传，任何时候只有一只存在，因此是独一
　　无二的象征。

3　安息人（Parthians）古时居住在西亚地区，以在马背上佯装撤退并箭射追敌的战术而著称。

尽情款待你。

亚基莫　　多谢，美丽的女郎。——
　　　　　　唉！男人全都疯啦？造化赐予他们眼睛，
　　　　　　让他们仰观苍天，俯察海洋和陆地的
　　　　　　丰富物产；让他们能够分别
　　　　　　天上灿烂的星辰和海滩上
　　　　　　一模一样、不可尽数的卵石；
　　　　　　难道我们这样宝贵的视力
　　　　　　却无法分辨美与丑吗？

伊诺贞　　什么让你大发感慨？

亚基莫　　不会是眼睛有缺陷：因为即使猩猩和猴子
　　　　　　在这样两个女人面前，也会冲这个叽喳点头，
　　　　　　冲那个扮鬼脸鄙视。也不会是判断力有问题：
　　　　　　因为就算是傻瓜面对这样的美丑分别，
　　　　　　也不会混淆。更不会是嗜好的原因：
　　　　　　因为面对这般清爽俏丽的女郎，
　　　　　　那种齷齪邋遢的淫妇只会令人作呕，
　　　　　　哪有欲望去消受？

伊诺贞　　说实话，究竟怎么回事？

亚基莫　　日久生厌的肉欲，
　　　　　　那已经餍足却无休止的欲望，
　　　　　　像木桶一边注水，还一边流溢，
　　　　　　饱餐了肥美羔羊，还对下水念念不忘。

伊诺贞　　什么事让你如痴如醉？
　　　　　　你没事吧，亲爱的先生？

亚基莫　　多谢公主，我很好。——（对皮萨尼奥）先生，请你
　　　　　　告诉我的仆人就待在我和他分手的地方。

他人生地疏，脾气也不好。

皮萨尼奥　先生，我正打算去

接待他一下。　　　　　　　　　　　　　　　　下

伊诺贞　　请问，我的夫君他身体还好吗？

亚基莫　　很好，公主。

伊诺贞　　他还有心思找乐子吗？我希望他如此。

亚基莫　　快乐极了：没有一个异乡人

像他那样高兴，那样寻欢，

人称他为不列颠的浪荡子。

伊诺贞　　他在这里的时候，

总是闷闷不乐，常不知道

是何缘故。

亚基莫　　我可从来没见他忧伤。他有位伙伴

是法兰西人，一位有名望的先生，

此人好像正热恋一位本国的姑娘。

他沉重的叹息像风炉一般连绵不断，

那位快活的不列颠人，我指的是您夫君，

就会哈哈大笑："哎哟！岂不笑煞我也，

瞧瞧那男人，看历史，听传说，

或凭他自己的经验，就能得知，

女人是什么东西，还不是随波逐流？

韶华光阴追自由，还拿什么

婚姻的枷锁给自己添忧愁？"

伊诺贞　　我的爱人会这样说话？

亚基莫　　是的，公主，他笑得眼泪奔流。

旁听他嘲笑那个法兰西人真是

一种享受。但是，天知道，

要我说有些男人实在坏透。

伊诺贞　我希望不是他。

亚基莫　不是他，不过上天对他的恩赐，
　　　　他用起来应该感激。他自己天分高，
　　　　加上您的禀赋——我认为也属于他——
　　　　超过一切财富。对此我既赞叹称奇，
　　　　也不免感到惋惜。

伊诺贞　你惋惜什么，先生？

亚基莫　从心底替两个人惋惜。

伊诺贞　算我一个吗，先生？
　　　　你看着我：你在我身上看到
　　　　什么残缺，值得你惋惜？

亚基莫　可叹哪！唉！
　　　　让我躲开耀眼的阳光，到暗牢中
　　　　向残烛寻求慰藉。

伊诺贞　我请求你，先生，
　　　　请你开诚布公地回答我的问题。
　　　　你到底惋惜我什么？

亚基莫　我刚才正要说，
　　　　别人享受着您的——可是，
　　　　天神们才有职责伸张正义，
　　　　轮不到我说三道四。

伊诺贞　你好像知道我的什么事，
　　　　或者有关我的什么事。担心
　　　　事情会出错，比确知已经出错，
　　　　更让人难受；因为确定的事实
　　　　要么已经无可补救，要么发现及时，

还有补救之策。把你知道的一切
都告诉我，不要吞吞吐吐。

亚基莫 如果有这样的粉颊让我沐浴双唇；
这样的纤纤玉手一旦触摸，每次触摸，
就会让人从灵魂里发出忠诚的誓言；
面对此等尤物，纵使我的目光一贯放浪，
也甘心成为俘虏，在这里燃烧我的欲火。
假如我竟然还要，那活该下地狱，
还要和那些像罗马神殿前任人践踏的
台阶[1]一样下贱的嘴唇亲吻，还要去
挽那些因随时卖弄风情而变粗的手，
卖弄风情正是那些人的行当；然后
还与她们眉来眼去，她们卑贱的眼睛
可真像发臭的油脂燃放的冒烟的灯火；
那么就让地狱里的一切折磨
一齐来惩罚我的背叛。

伊诺贞 恐怕我的夫君
已经忘了不列颠。

亚基莫 也忘了他自己。不是我
乐意报告这个消息，揭发他
变心的下贱行为；而是您的优雅
有一种魅力诱使我沉默的良心
说出来这些话。

伊诺贞 我不要再听了！

亚基莫 啊，我最亲爱的人！您的遭遇

---

1 罗马的朱庇特神殿（Capitol）是祭祀天神朱庇特的场所，殿前台阶每个人都可以踏足。

　　　　　激起我的同情，也让我痛心。
　　　　　无论在哪个王国，这样美貌的女郎
　　　　　都可以使最伟大的君主倍增荣光；
　　　　　却被与娼妓曲为比附，而那些嫖资
　　　　　其实来自您的私囊！她们为了金钱，
　　　　　不顾身体上种种腐臭的恶疾去应酬
　　　　　那些寻花问柳之人！这种热气熏蒸[1]的
　　　　　货色比毒药还要毒！您要报复啊，
　　　　　否则，那生养您的人就不是王后，
　　　　　而您也就败坏了您的伟大血统。

伊诺贞　报复？
　　　　　我该怎样报复？如果这是真的——
　　　　　因为我的心仓促之间还不能轻信
　　　　　我耳闻的话——如果这是真的，
　　　　　我该怎样报复？

亚基莫　他岂能让咱[2]孤枕寒衾，
　　　　　过着狄安娜的女祭司那样清苦的生活[3]，
　　　　　而他自己却和那些荡妇颠鸾倒凤，
　　　　　花您的钱，反过来还将您嘲弄——
　　　　　报复吧！我愿奉献自己供您享乐，
　　　　　我比您的那个负心汉要高贵许多，
　　　　　并且将一直忠于您的爱情，

1　热气熏蒸是当时花柳病的通行疗法。
2　他岂能让咱：原文为 should he made me，其中的 me 虽是第一人称，其实是设身处地为对方
　　着想，有拉拢讨好之意。汉语中的"咱"兼具这两层意思。
3　狄安娜为罗马神话中的贞节女神，其女祭司是处子之身。

永远不变心。

伊诺贞　（呼唤）喂，皮萨尼奥！

亚基莫　让我在您的红唇上献上我的敬礼吧。

伊诺贞　滚开！我的耳朵悔不该听你
讲这么久。如果你是正人君子，
你说这番话应该怀着一番好意，
不该为了你现在追求的目的，
真是卑鄙又离奇。你污蔑了一位绅士，
他绝无你所说的情况，就像你绝无
一点廉耻；你在这里调戏一位女士，
但她厌恶你如同厌恶魔鬼。喂，皮萨尼奥！
你放肆的行为一定要告知我的父王：
如果一个无礼的外邦人在他的宫廷
吆喝叫卖，犹如到了罗马妓院一般，
公然对我宣泄禽兽般的欲念，
而我的父王如果竟然认为并无不妥，
那么他便对自己的宫廷毫不在意，
对自己的女儿也不爱惜。喂，皮萨尼奥！

亚基莫　啊，我要说，莱奥那图斯你可真幸福！
你夫人对你深信不疑，不枉你对她的信任；
你最完美的品德也没辜负她坚定的信心。
愿你们幸福常伴！您嫁给了一位
最高贵的绅士，任何国家都以他为荣；
您是他的妻子，也只有最尊贵的人
才与您般配。请您原谅我！
我刚才说的话，只想知道你们的婚约
是否根深蒂固。我要把您丈夫的情况

　　　　　　如实重新道来：他品行诚恳正直；

　　　　　　他圣洁的谈吐有引人入胜的魅力，

　　　　　　人们乐于和他交往；每个人

　　　　　　都把一半的情谊交付给他[1]。

伊诺贞　　你在弥补过失。

亚基莫　　他坐在众人之间，好似神仙下凡；

　　　　　　他气质高雅，显得不同凡响。

　　　　　　不要生气，无比伟大的公主，

　　　　　　我编造了一套谎话来试探

　　　　　　您的反应。现已经光荣证明

　　　　　　您独具慧眼，选中了这样一位

　　　　　　稀有的郎君，自信没有差池。

　　　　　　我对他的友爱使我对您煽动一番[2]，

　　　　　　但您是神明所造，的确与众不同，

　　　　　　没有一点秕糠瑕疵。望您见谅。

伊诺贞　　没关系，先生。我在这宫廷里的权力供你支配。

亚基莫　　请接受我谦卑的谢意。我差点忘记，

　　　　　　要向公主提出一项小小的请求，

　　　　　　不过也相当重要，因为您的夫君、

　　　　　　我本人以及其他几位尊贵的朋友

　　　　　　合伙参与此事。

伊诺贞　　请问是何事？

亚基莫　　我们约有十二个罗马人和您的夫君——

1　每个人都把一半的情谊交付给他：原文为 Half all men's hearts are his；另一种解释是一大半人
　　都倾心于他。——译者附注

2　扇风之后，谷粒和秕糠就会分开；人经过言语煽动之后，真情和虚伪便见分晓。

我们朋友之中他最尊贵——共同集资

买一份礼物献给罗马皇帝；

我代表大家到法兰西采购，

买了一个做工精致的盘子和几样

美轮美奂的珠宝，价值不菲。

我在此人生地疏，内心颇为焦虑，

想找一个安全稳妥的地方寄存。

不知您能否代为保管？

伊诺贞　非常乐意！

我以我的名誉担保它们的安全，

何况其中还有我丈夫的份子。

我将把它们放在我的闺房之中。

亚基莫　东西装在一只箱子里，

由我的仆人看守；承蒙您允许，

我就叫他们送来，只需寄存一宿；

明天我就要上船。

伊诺贞　啊！别，别。

亚基莫　非走不可，请您原谅；否则如果

延迟归期，就要失信于人。

我从法兰西渡海而来是因为

曾许诺专程来看望公主殿下。

伊诺贞　多谢你的舟车劳顿，

但请不要明天就走！

亚基莫　啊！夫人，明天我必须走；

所以我请求您，如果您要我

给您丈夫带信的话，请今晚就写好。

我已经在外耽搁太久，对于呈献

我们的礼物影响甚大。

伊诺贞　我就去写信。

把你的箱子送来，必妥为保管，

原璧奉还。非常欢迎你来！　　　　　　　　同下

第 二 幕

第一场 / 第四景

克洛顿与二贵族上

克洛顿　　谁像我这样倒霉！我的最后一投就要吻到小球[1]，却让人把我的球给撞开了！我在上面可下了一百镑的赌注。随后一个婊子养的猴崽子怪我不该骂人，好像我骂人的话是从他那里借来的，我自己都不得随便使用。

贵族甲　　他这样得到了什么？您用球打破了他的头。

贵族乙　　（旁白）如果挨打者和打人者的脑瓜一样，就会脑浆流淌。[2]

克洛顿　　当大爷的愿意骂人出气，任何旁观者都不可横加阻拦。哼！

贵族乙　　不可，大人。——（旁白）总不能割掉他们的耳朵。

克洛顿　　婊子养的狗！让他满意？岂能和我是同一路的[3]？

贵族乙　　（旁白）那就是臭味相投的傻瓜。

克洛顿　　世上再也没有比这更让我恼火的事情。混蛋！我情愿不要这么高的地位。他们不敢和我打斗，完全因为我的母后。随便一个混账奴才都可以大打出手，闹个痛快，我却只能像一只没有敌手的公鸡逛来逛去。

1　当时流行地滚球（bowls）。在这种游戏中，一只小球置于球场一端作为目标，名曰 jack 或 mistress；打球者站在球场另一端，向此目标滚球。能使球停靠在离小球最近处者得分最高。触及小球称为"吻"（kiss）。——译者附注

2　此句指克洛顿的脑袋壳薄、质差，比喻他没有脑子，智力低下。

3　和我是同一路的：原文为 one of my rank，其中的 rank，作名词，表示地位；作形容词，表示恶臭。克洛顿取前一层意思，下文贵族乙取后一层意思，所以才有"臭味相投"云云。

贵族乙	（旁白）你这只公鸡已去了势，戴上冠子[1]就咯咯叫。
克洛顿	你说什么？
贵族乙	要是和每一个您所侮辱的贱人动手，那样不适合殿下您的身份。
克洛顿	是的，这我知道；但是我适合侮辱那些比我低的人。
贵族乙	没错，只有您才适合这么做[2]。
克洛顿	对头，我也这么说。
贵族甲	您有没有听说今晚有一个外国人到宫里来？
克洛顿	外国人？我竟然不知道。
贵族乙	（旁白）他本人就是一个外人，所以不知道。
贵族甲	是一个意大利人，据说是莱奥那图斯的一个朋友。
克洛顿	莱奥那图斯？一个被放逐的恶棍；来人无论是谁，一定也是恶棍。这个外国人的消息，谁告诉你的？
贵族甲	您的一个童子。
克洛顿	我该不该去看看他？会不会有失身份？
贵族乙	您的身份失不掉[3]，殿下。
克洛顿	失掉是不容易，我想。
贵族乙	（旁白）你是一个公认的傻瓜，你的所作所为尽冒傻气，这样的身份当然不会失掉。
克洛顿	来，我要去瞧瞧这个意大利人。我白天在地滚球上损失的，今晚一定要在他身上捞回来。跟我来。
贵族乙	我就来奉陪殿下。——　　　　　　　　　　克洛顿与贵族甲下 他母亲那样一个诡计多端的魔鬼，

---

1 原文 comb 是双关语，一指鸡冠，二指鸡冠形小帽（cockscomb），为演蠢材的丑角所戴。

2 只有您才适合这么做：原文为 it is fit for your lordship only，既可指只有克洛顿才有这样的权力，也可指他教养差，所以喜欢与人逞强斗狠。

3 言外之意是克洛顿本身没有身份，当然也就没什么好失去的。

竟然会生下这样一头蠢驴！
那妇人可以用头脑克服一切，
她儿子却连二十减去二还剩十八
都算不出。唉，可怜的公主！
天仙一般的伊诺贞，你的处境好苦，
一边是受你继母挟制的父亲，
一边是不断制造阴谋的继母，
还有一个求婚者，比你亲爱的丈夫
无故遭受放逐还可恨，比他挖空心思
将你们拆散还可气！愿上天加固
你贞操的壁垒，让你美好心灵的
庙宇不受动摇；愿你立身站住，
等你的丈夫归来，安享这伟大国度。　　　　　下

第二场　／　第五景

伊诺贞倚在床上，一宫女上，抬出一箱

伊诺贞　谁在那里？是海伦吗？

宫女　　是的，公主。

伊诺贞　什么时候啦？

宫女　　快半夜了，公主。

伊诺贞　那我读书花了三小时，现在眼神疲乏。
　　　　　（递过书）把我刚看的一页折起来，我去睡了。

蜡烛不要拿走，就让它亮着。
要是你能够在四点钟醒来，
请叫我一声。——睡魔完全抓住了我。　　　　　　官女下
神哪，我把自己交给你们保护，
不要让我受到夜间妖魔鬼怪[1]的侵扰。
请求你们，保佑我！（入睡）

亚基莫自箱中出

亚基莫　　　蟋蟀在吟唱，疲倦至极的人
在休息中恢复精力。我们的塔昆[2]
就这样蹑手蹑脚地走向女郎床前，
打算破坏她的贞节。维纳斯呀，
你横陈床上的睡姿有多妩媚！
娇嫩的百合花[3]哟，比床单还洁白！
我多想去抚摸，还要吻，来个吻！
红宝石般的双唇，吻着多么销魂！
她的呼吸让这寝室弥漫着芬芳；
蜡烛的火焰向她低首，似乎要钻进
她的眼睑，偷窥蕴藏在其中的光明。
这心灵的窗口虽未打开，但透出
一片洁白与靛青，点缀着蓝天。
可别忘了我的盘算：观察这房间，

1　夜间妖魔鬼怪：原文为 tempters of the night，可能指梦淫妖（incubus），夜里破坏女性贞操的男性魔鬼。
2　此处指古罗马王政时代末代王的小儿子塔昆（Sextus Tarquinius），因强奸了鲁克丽丝（Lucrece），招致王朝的覆灭，罗马共和国随之诞生。因为同为罗马人，故亚基莫此处称"我们的"。
3　百合花（lily）象征纯洁。

将一切都记下。（写）如此这般的图画，

那边是窗户，她床上这般的装饰，

如此的挂毯与图案，以及其中的故事。

啊！还要记下她身上的某些特点，

这可比一万件不重要的家具陈设

更能证实我记录的证据并非虚谈。

睡眠哪！你是死亡的模仿，沉沉压在

她身上，让她像教堂坟墓上的雕像一般

无知无觉。（取下她的手镯）脱下，脱下，

滑脱之轻易，就像戈耳狄俄斯结¹之难解。

到手了！这将成为外在的证据，

与内在情绪一样强烈，必令

她的丈夫发狂。在她的左胸有

五点形的痣，好像莲香花芯的红斑。

这就是确证，比任何法律的担保

更有效。这秘密会逼她夫君相信我

已巧开锁钥，取走了她的贞操之宝。

不用再记，我记下这个有何用？

我不是已经把它牢牢地钉在

我的记忆之中？她看书到深夜，

看的是忒柔斯的故事。折页处

正在菲洛梅尔屈服受辱的关口²。

1　戈耳狄俄斯结（Gordian knot）：指弗里吉亚国王戈耳狄俄斯（Gordias）所系之结，牢不可解，神谕能解者将征服亚细亚。后亚历山大大帝（Alexander the Great）以剑斩之，遂解。

2　希腊神话中色雷斯国王忒柔斯（Tereus）强奸妻妹菲洛梅尔（Philomel），又拔其舌，试图掩盖罪行。

我已有足够证据；进箱子，插锁头。

快走，快走，你们这些拉夜车的龙[1]，

让黎明打开乌鸦的眼睛[2]！我好生恐惧：

那边是一位天使，我这里却是地狱。

钟鸣

一、二、三：时间到，时间到！　　　　　　　　　入箱下

（床与箱子抬下）

第三场　／　景同前

克洛顿与二贵族上

贵族甲　殿下是在失败中最镇定的人，就算翻出么点[3]，谁也没有你这么冷静。

克洛顿　人输了钱难免心灰意冷。

贵族甲　但并不是每一个人都有您这样镇定自若的高贵秉性。一旦赢了钱，您可真是风风火火，豪气冲天。

克洛顿　赢钱会使任何人勇气大增。如果我能够得到傻丫头伊诺贞，我就会有足够的钱啦。天快亮了，是不是？

贵族甲　天亮了，殿下。

克洛顿　我希望乐师们会来：有人劝我在清晨为她奏乐，说是可以打

1　旧传夜晚随龙拉的车子而来。

2　乌鸦乃不祥之鸟，据信天亮即醒。

3　么点是掷骰子最小的点。

动她的心 [1]。——

众乐师上

来吧，开始调音。你们若能用手指打动她的心，那就好；我
们也要用舌头 [2] 试试看。如果二样均不奏效，那就随她去了。
但是我决不放弃。首先，来一段绮思迷人的曲子；再来一支
甜美的歌，配上浓情蜜意的歌词。然后，就由她考虑。

（歌，克洛顿或一乐师唱）

听，听，云雀在天门歌唱，

太阳神已开始登临。

花朵中的玉液琼浆，

他的骏马一饮而尽。

万寿菊睁开眼如簇簇黄金，

万物无不温馨。我的女郎，

醒醒，醒醒！

克洛顿　　好了，你们去吧。如果这能打动她的芳心，我会给你们更多
的赏钱；如果不能，那是她的耳朵有病，用马鬃牛肠 [3] 或者宦
官的嗓子都无法医治。

众乐师下

辛白林与王后上

贵族乙　　国王驾到。

克洛顿　　我幸亏一夜未睡，正因为如此这么早就起来了；他看到我如
此大献殷勤，一定像父亲一样赞许我。——陛下，早安！母
后，早安！

1　原文 penetrate 一语双关，既指令人感动，也有性暗示的含意。下文"用手指打动她的心"
　　沿用此双关语。

2　用舌头（with tongue）在此处是双关语，既可指发声唱歌，也可指"舔阴"（cunnilingus）
　　的性行为。

3　马鬃牛肠用于制作弦乐器。

辛白林	你在此门口守候着我们倔强的女儿吗？
	难道她不肯出来？
克洛顿	我已经为她奏乐唱歌，但她理也不理。
辛白林	她的心上人才被放逐不久，
	她还不能把他忘怀；再过一段时间，
	关于他的记忆必定将消磨殆尽，
	而后她便是你的了。
王后	你千万记住父王的恩情，
	他不放弃任何有利的时机
	撮合你与他女儿的关系；
	你也要按部就班向她求婚，
	见机行事表现你的一片真心；
	她越是拒绝，你越要殷勤，
	好像你是受了灵感的激发，
	尽心尽责一切都依从她，
	除非她要赶你走，
	你可以装聋卖傻[1]。
克洛顿	装聋卖傻？我不是这种人。

一信差上

信差	启禀陛下，从罗马来了几位使臣，
	其中一位是卡尤斯·卢修斯。
辛白林	是一位贵客，虽然他这番到来
	怀着敌意；不过这并非他的差错。
	我们接待他还须看他主人的身份；

---

1 原文 senseless 为双关语，王后让克洛顿装聋子，下行克洛顿以为王后要他装傻子，意思不
　对应。

对于他本人，鉴于他以往待我们不薄，
我们必须给他适当的待遇。
我亲爱的儿子，向你的情人
道过早安之后，就来王后和我身边。
我要派你来招待这个罗马人。——
来吧，王后。　　　　　　　　　　除克洛顿外众人下

克洛顿　如果她已起身，我要和她谈谈；
不然，让她继续躺着做梦。——（敲门）喂！打扰啦！——
我知道她的侍女们在她身边，
我是否可以买通其中的一员？
金钱可以买通门路，往往能奏效。
不错，拿了钱，狄安娜女神的护卫们
就会监守自盗，把鹿拱手送给偷鹿人；
金钱可以让好人送命，让盗贼逍遥；
不，有时也会让好人和盗贼一道被绞。
有什么事情金钱办不到，毁不了？
我要叫她的一个侍女做我的辩护，
因为我对这个玩意儿还没摸清楚。[1]——
（敲门）打扰啦！

一宫女上

宫女　谁在那儿敲门？

克洛顿　一位绅士。

宫女　只是一位绅士吗？

克洛顿　不，还是一位贵妇的儿子。

宫女　那倒是。

1　克洛顿的话充满性暗示。

有些与您同样穿着讲究的人

还夸不了这样的口。[1] 殿下有何贵干？

克洛顿 我要见见你们公主。她准备好了吗？

宫女 是的，

就准备待在她的闺房。

克洛顿 这钱是给你的，（递过钱）

请替我说句好话。

宫女 怎么？要买我的好名声？

请您自己说说您有什么好处？公主来了。

伊诺贞上

克洛顿 早安，美人儿；妹妹，让我吻吻你的手。　　　　　宫女下

伊诺贞 早安，先生。你付出了太多辛苦，

买进的却只有麻烦；我给予你的感激

就是告诉你，我根本不懂感激，

也不会表达谢意。

克洛顿 可我还是发誓我爱你。

伊诺贞 你无论怎么说，对我都一样；

你尽管永远发誓，到头来你的报偿

就是我不会赏光。

克洛顿 这可不算答复。

伊诺贞 如果你不把我的沉默当作默认，

我并不想说话。请你放过我吧！

真的，你的深情厚意只能换到

我的轻蔑冷眼；你这样富有知识，

受到教训之后，应该懂得节制。

1　意指穿着入时是克洛顿显示高贵身份的唯一方式。

克洛顿	眼看你疯疯癫癫，真是我的罪过。
	我怎忍心！
伊诺贞	傻瓜医治不了疯子。
克洛顿	你叫我傻瓜？
伊诺贞	我是疯了，就这样叫你：
	如果你能忍耐，我就不再发疯。
	这样我们的毛病都会治好。抱歉，先生，
	你使得我忘了女士应有的礼貌，
	说了这么多话。你现在听好了，
	我的心事我知道，明白告诉你：
	说实话，我根本不喜欢你。
	我自我揭短，说话不怕残忍：我恨你。
	我原以为你自己可以感受到，
	无须我开口宣告。
克洛顿	你犯了
	不孝顺亲生父亲的罪名。
	你自以为和那下贱胚子订下了婚约，
	他靠着施舍长大，吃的是宫里的
	残羹冷饭；这种婚约根本不算数。
	虽然在卑贱的人们之间——
	谁比他更卑贱？——两情相悦
	便可以私订终身，结果不过生下
	一群小崽子，过着乞丐一般的生活；
	可是你由于出身贵胄，就没有了
	这样的自由，绝不可辱没王族的荣耀，
	去委身于一个没有地位的下贱奴才，
	一个一事无成的仆人，一个帮佣，

　　　　　　　　一个不够格的厨子。

伊诺贞　　　亵渎神明的家伙！

　　　　　　　　纵然你是天神朱庇特的儿子，

　　　　　　　　仅有高贵出身而毫无才华，

　　　　　　　　做他的仆从还嫌不够格；

　　　　　　　　在他的王国里，按照你的才能，

　　　　　　　　当一名刽子手的助手就算高抬你，

　　　　　　　　甚至还招人嫉妒，为了这样的提拔

　　　　　　　　而遭人忌恨。

克洛顿　　　愿南方的雾气腐蚀他的筋骨！[1]

伊诺贞　　　让你提起他的名字就是他的灾难，

　　　　　　　　除此之外他没有更大的祸患。

　　　　　　　　他曾经用来裹体的破衣烂衫，

　　　　　　　　比你所有的头发都变成你这样的坏蛋

　　　　　　　　加起来还要贵重。——喂，皮萨尼奥！

皮萨尼奥上

克洛顿　　　他的衣衫？好吧，让魔鬼——

伊诺贞　　　（对皮萨尼奥）你赶快去我的侍女多萝西那里。

克洛顿　　　他的衣衫？

伊诺贞　　　我被一个傻瓜纠缠，

　　　　　　　　又害怕，又愤怒。去叫我的侍女

　　　　　　　　寻找一只镯子，只因我不小心，

　　　　　　　　它从我手臂上滑落；那是我丈夫的礼物。

　　　　　　　　纵使拿欧洲任何一个国王的收入作交换，

　　　　　　　　我也不愿放弃那只镯子。我确信今天清早

1　旧传南方潮湿的雾气可以传播疾病。

还看见过它；昨天夜里它还

在我的腕上戴着；我还亲吻过它。

希望它不是飞到我夫君那里告诉他，

除他之外，我还吻过别的东西。

皮萨尼奥	它不会丢失。	
伊诺贞	但愿如此，去找找吧。	皮萨尼奥下
克洛顿	你侮辱了我：	
	他的破衣烂衫！	
伊诺贞	不错，我是这么说的，先生。	
	如果你要以此提出指控，就得找个见证。	
克洛顿	我要告知你的父亲。	
伊诺贞	还有你的母亲。	
	她是我的好母后，我希望她不会	
	认为我已经坏到极点。告辞了，先生，	
	你就气急败坏好啦。	下
克洛顿	我要报复！	
	他的破衣烂衫！好吧。	下

第四场 / 第六景

罗马

波塞摩斯与菲拉里奥上

波塞摩斯 不用担心，先生；但愿我有把握

　　　　　　挽回国王的心，就像我确信
　　　　　　她能够保持她的贞操。
菲拉里奥　你用了什么办法疏通他？
波塞摩斯　没用任何办法，只是等待转机；
　　　　　　我在目前严冬般的状态下战栗不已，
　　　　　　希望暖和的日子到来；我只能
　　　　　　怀着凋零的希望以图报答你的厚爱；
　　　　　　如果希望落空，我到死也难报你的大恩。
菲拉里奥　能和你这样的谦谦君子相伴，
　　　　　　已经远远抵偿了我的一切效劳。现在
　　　　　　你们的国王已经得知奥古斯都大帝的旨意：
　　　　　　卡尤斯·卢修斯一定彻底完成使命。
　　　　　　我想你们国王会答应进贡；偿付欠账，
　　　　　　不会再与我们罗马军队对阵；
　　　　　　何况过去的创痛还记忆犹新。
波塞摩斯　我确实相信——
　　　　　　虽然我不是政治家，也没此意图——
　　　　　　这将成为一场战争。你们将听到
　　　　　　目前驻扎在法兰西的罗马军团
　　　　　　即将登陆我们无所畏惧的不列颠，
　　　　　　但不会听到我们付出丝毫进贡的消息。
　　　　　　当初尤力乌斯·凯撒曾经笑话
　　　　　　我们国人不谙战术，但是害怕
　　　　　　他们的勇气。如今的不列颠人，
　　　　　　军纪严明加上勇气可嘉，
　　　　　　考验他们的人将知道
　　　　　　他们多么善于改进。

亚基莫上

菲拉里奥　看，亚基莫！

波塞摩斯　定是最迅捷的鹿载着你在陆地上狂奔，

　　　　　　四面八方的风吻着你的帆，

　　　　　　带着你的船飞也似的急驰。

菲拉里奥　欢迎你，先生。

波塞摩斯　我希望你已得到直截了当的回答，

　　　　　　所以这么快就回家。

亚基莫　你的夫人是我所见过的

　　　　　　最美貌的女郎之一。

波塞摩斯　也是最好的一个；否则就让她的美貌

　　　　　　透过闺房窗口勾引那些狂蜂乱蝶，

　　　　　　跟他们堕落下去。

亚基莫　这些信件是给你的。（递过信）

波塞摩斯　我相信内容不会差。

亚基莫　大概是吧。

菲拉里奥　你在不列颠王宫的时候，

　　　　　　卡尤斯·卢修斯是否也在那里？

亚基莫　那时人们正在等候他，

　　　　　　但是他还没有到达。

波塞摩斯　那么暂时还没有事。

　　　　　　（展示戒指）这颗钻石还依旧闪光吗？

　　　　　　或者你嫌它黯淡不值得一戴？

亚基莫　如果失去它，

　　　　　　我便失去与它价值相等的黄金。

　　　　　　我愿走一趟双倍遥远的路程，

　　　　　　到不列颠再次享受曾经属于我的

一夜温存。这个戒指我已赢定。

波塞摩斯　这颗钻石可不容易得到。

亚基莫　一点不难，
　　　　　你的夫人很好把玩。

波塞摩斯　不要拿你的失败开涮，
　　　　　先生；我希望你明白
　　　　　我们已经不再是朋友。

亚基莫　好先生，我们必须继续做朋友，
　　　　　如果你还信守合约。假如我
　　　　　没有带回你夫人房中的消息，
　　　　　我保证我们还要进一步追究；
　　　　　但现在我宣布我已赢取她的贞操，
　　　　　加上你的钻戒。我没有愧对她，
　　　　　也没有得罪你，因为我做的一切
　　　　　你们都心甘情愿。

波塞摩斯　如果你能够证明你已经
　　　　　与她品尝过床榻之欢，
　　　　　我的友谊和戒指就都归你。
　　　　　否则，为你诋毁她的贞节，
　　　　　你我拿剑决斗，是死是活，
　　　　　谁也别管身后无主之物。

亚基莫　先生，我要说种种证据
　　　　　可以说得非常逼真，你不得不信。
　　　　　为了加强效力，我可以发誓；
　　　　　不过，我毫不怀疑你将认为
　　　　　靠发誓证明纯粹多此一举，
　　　　　大可不必。

波塞摩斯　　说吧。

亚基莫　　　先说她的卧室——
　　　　　　我承认我并没有在那里睡眠，
　　　　　　但是得到销魂的东西怎能合眼——
　　　　　　那里张挂着蚕丝和银线编织的壁毯，
　　　　　　上面绣着克莉奥佩特拉初遇罗马情人，
　　　　　　锡德纳斯河水 [1] 泛滥到岸边，因为河水
　　　　　　载着太多的船只，或者太多的傲气。
　　　　　　这件作品做工精致，富丽堂皇，
　　　　　　其工艺和价值难分高下；我惊讶
　　　　　　世上居然有如此罕见与逼真的杰作，
　　　　　　因为那栩栩如生的故事真是——

波塞摩斯　　这是真的。
　　　　　　不过，这也许是你在这里听我
　　　　　　或者别人说过。

亚基莫　　　还有更多的细节
　　　　　　可以证实我是亲眼所见。

波塞摩斯　　必须要证实，
　　　　　　否则你的信誉就会有亏。

亚基莫　　　壁炉在卧室的南面，
　　　　　　上面雕刻着贞洁的狄安娜女神沐浴 [2]。
　　　　　　我从未见过这样呼之欲出的雕像；

1　锡德纳斯河（Cydnus）在今土耳其境内，是罗马将领安东尼和埃及女王克莉奥佩特拉首次相遇之地。莎剧《安东尼与克莉奥佩特拉》（The Tragedy of Antony and Cleopatra）的第二幕第二场描写了这个场景。

2　狄安娜女神出浴图描绘的是年轻猎人阿克泰翁无意中看到狄安娜女神沐浴，而被她变为牡鹿，并最终被他自己的狗群咬死。

　　　　　　那雕刻家简直是无声的造化师，
　　　　　　他的作品除了不能活动，不能呼吸，
　　　　　　简直巧夺天工。

波塞摩斯　这也许是
　　　　　　你道听途说，拾人牙慧，
　　　　　　因为这故事经常有人说起。

亚基莫　　卧室的顶部装饰着
　　　　　　精雕细刻的金色天使。我忘了说，
　　　　　　壁炉的柴架上有两个银制的丘比特，
　　　　　　都是单腿站立，闭着眼睛 [1]，
　　　　　　悠闲地依靠在火炬上。

波塞摩斯　这就有关她的贞操！
　　　　　　就算你亲眼看到这一切——
　　　　　　你的记忆力确实值得赞美——
　　　　　　你对她卧室中所有陈设的描述
　　　　　　并不能保全你所押的赌注。

亚基莫　　（展示手镯）你要不怕脸色发白的话，
　　　　　　我斗胆亮亮这件宝贝；看看吧，
　　　　　　不过我还得收起来；它必须和你的戒指
　　　　　　成双配对，我要将它们一起据为己有。

波塞摩斯　天哪！
　　　　　　让我再看一下。这是我
　　　　　　留给她的那只手镯吗？

亚基莫　　先生——我感谢她——正是那只。
　　　　　　她亲手从手臂上取下，那情景

1　传说爱神丘比特眼是盲的，所以爱情是盲目的。

现在还历历在目；她的优美动作超过
礼物本身的价值，也使它格外宝贵。
她将宝贝赠送于我，并说曾经珍惜。

波塞摩斯 也许她将之取下，
是要你送给我吧！

亚基莫 她在信里这么写了吗？

波塞摩斯 啊！没、没、没，是真的呀！来，这也拿去。（递过戒指）
对于我的眼睛，这就是一个蛇妖[1]，
看一眼就能致命。有了美貌就
甭想贞操；有了虚饰就莫要真相；
有别的男人插腿，就别指望爱情。
女人们虽信誓旦旦，从不为之牵绊；
她们不顾自己的名节，管它是何东西。
啊！无比的虚伪！

菲拉里奥 请冷静，先生！
且拿回你的戒指，你还没有将它输掉；
很可能是贵夫人将它遗失；或者，
天知道是不是她的一个侍女
受了贿赂，把它偷了出来？

波塞摩斯 不错，我倒希望
他是这么得到的。把戒指还给我，（收回戒指）
给我提供一些比这更有效的关于
她肉体的标记，因为这是偷来的。

亚基莫 凭朱庇特发誓，这宝贝取自她的手臂。

波塞摩斯 你听听，他在发誓，凭朱庇特发誓。

1　蛇妖（basilisk）：神话传说中的一种蜥蜴状妖怪，眼神能致命。

　　　　　这些都是真的;不,你拿着这个戒指。
　　　　　她不会无心将之遗失;她的侍女们
　　　　　都忠贞不贰,难道会因受贿就去偷走它?
　　　　　况且是受陌生人的贿赂?不,他一定已经
　　　　　享受过她的肉体;这就是她失贞的铁证;
　　　　　她花了这么高的代价购买娼妇的头衔。
　　　　　来吧,拿走你的酬劳;(再递过戒指)让地狱里
　　　　　所有的魔鬼来争抢你们二人[1]!

菲拉里奥　　先生,冷静冷静:
　　　　　即使他发誓,也不足以动摇
　　　　　你对夫人深厚的信心。

波塞摩斯　　不要再说;
　　　　　我的爱人已被他奸淫。

亚基莫　　要是你还进一步寻找
　　　　　让你信服的证据,在她那值得抚摸的
　　　　　酥胸下有一颗痣,骄傲地占据着
　　　　　那个最销魂的位置。凭性命起誓,
　　　　　我吻过这颗痣;这一吻又让我
　　　　　重燃欲火,立刻寻求再次得到满足。
　　　　　你还记得她身上那个黑点吧?

波塞摩斯　　当然,这就证明
　　　　　她另外一个污点[2],大到充塞整个地狱,
　　　　　即使除此之外她没有别的污点。

亚基莫　　你还要再听下去吗?

1　"你们二人"指亚基莫和伊诺贞。
2　污点(stain):既指肉体上的痣,也指道德上的污点。

波塞摩斯　　别逞你的数学才干，多少回合无须细算；

　　　　　　得手一次就等于一百万次。[1]

亚基莫　　　我敢发誓——

波塞摩斯　　不必发誓。

　　　　　　你若发誓说你没有得手，就是说谎；

　　　　　　如果你敢否认你给我戴了绿帽子，

　　　　　　我就要杀了你。

亚基莫　　　我什么都不否认。

波塞摩斯　　啊！我现在就想把她弄到这里，

　　　　　　将她大卸八块！我要回到宫廷里去，

　　　　　　当着她父亲这样干。我总得干些什么。　　　　　　下

菲拉里奥　　完全失去了自制力！

　　　　　　你已经获胜。让我们跟着他，

　　　　　　以防他在这样的盛怒之下

　　　　　　做出不利于他自己的事情。

亚基莫　　　我十分愿意。　　　　　　　　　　　　　　　　　同下

波塞摩斯上

波塞摩斯　　男人要生存，难道除了和女人合作，

　　　　　　就没有别的办法？我们都是杂种[2]，

　　　　　　当我在母亲肚里受孕结胎时，

　　　　　　那个被我称作父亲的最可敬的男人

　　　　　　究竟在哪里，我不得而知。不知道

　　　　　　谁用他的家当造了我这块假币。

　　　　　　我母亲当时好似圣洁的狄安娜，

1　此时，波塞摩斯一心以为二人之间已经发生性关系。——译者附注

2　波塞摩斯意指世界上没有忠贞的女人，所有孩子都是女人偷情而生的。

我的妻子如今也看似完美无瑕。
啊！报复，报复！她总是阻挠我
顺理成章的求欢，时常劝我节欲；
那种面带红晕的娇羞神态，
就是老迈的农神[1]看了也心生怜爱；
我以为她像未见阳光的冰雪一般贞洁。
啊！所有的魔鬼！这个猥琐的亚基莫
初次求欢，一小时之内，或许不到？
也许闷不吱声，像一只饱食的公猪，
粗壮又凶猛，"啊！"一声就扑上去；
没有任何反抗，就算半推半就，
他也早就料到。但愿我能找出
我身上属于女人的部分！因为我断定
男人根本没有作恶的冲动，即使有，
也来自属于女人的那部分。请听好：
说谎是女人的习气；谄媚，女人的；
欺骗，女人的；肉欲和淫念，女人的；
报复心，女人的；野心、贪婪、接连的挥霍、
蔑视、恣意的淫欲、诽谤、反复无常，
一切可以罗列的，不，连地狱
所知道的罪恶，女人的，部分或是全部；
宁可说是全部；因为即使干坏事，
她们也不专一，常常刚干一件坏事，
就要换新鲜的花招。我要写文章，
鞭挞她们，憎恶她们，诅咒她们；

1　罗马神话里的农神萨图耳恩（Saturn）以忧郁和冷酷著称。

但表达仇恨的高明手段，
应该是让她们称心如愿，
这远胜于魔鬼所能加给她们的祸患。 下

第三幕

第一场 / 第七景

不列颠王宫

辛白林、王后、克洛顿及众贵族列仪仗自一门上，卡尤斯·卢修斯及众侍从自另一门上

辛白林 说吧，奥古斯都·凯撒有何赐教？

卢修斯 当初尤力乌斯·凯撒——人们回想起来

他还如在眼前，他的事迹也将永远被人们

口耳相传——当他来到并征服不列颠之时，

正是您的叔父卡西伯兰执政，

他因凯撒的称赞而名闻遐迩，

而且他的功劳也值得称道。

他答应每年向罗马进贡三千镑，

并且作为定例传诸后世，

可是陛下近年来并没有履行。

王后 为了免除你们的诧异，

今后我们将永远废除这一定例。

克洛顿 凯撒虽然辈出，但是下一位尤力乌斯

却不知何时问世。不列颠是一个独立世界，

我们长鼻子是为了出气，

难道要为此给他人还债？

王后 当初他们从我们手中

夺走的有利时机，如今又重新

回到我们手里。陛下，不要忘了
您的列祖列宗，以及您岛国的
大好河山；好似海神的林苑，
绝壁悬崖，层林密布，不可攀援；
四周海浪咆哮，沙滩绵延，会颠覆
敌人的舰船，甚至吞没桅杆顶端。
要说凯撒曾经征服这里并没错，
但是所谓"我到来，我看见，我征服"[1]
这样的大话并非在这里发表。
在这里，他首次尝到屈辱的滋味，
在遭受两次失败之后，被赶出
我们的海岸；他的船只如同可怜的玩物，
在我们汹涌的大海上，好似蛋壳
随波逐流，一碰到礁石就撞得粉碎。
为了庆祝胜利，著名的卡西伯兰——
他一度使凯撒屈服，啊，无常的命运！——
下令路德城[2]燃起欢庆的火炬，
让不列颠人高视阔步，勇气大增。

克洛顿　　得啦，我们不再进贡。我们如今的王国比那时候强大许多；
　　　　　而且正如我所说，这世上已经没有那样一位凯撒，有些凯撒
　　　　　或许有鹰钩鼻，但却没有他那样强劲的臂膀。

辛白林　　儿子，让你母亲说完。

克洛顿　　我们还有不少人具有卡西伯兰那样强硬的手腕。我没说我也
　　　　　算一个，但我有手腕。为什么进贡？为什么我们要进贡？如

1　公元前 47 年，凯撒取得泽拉战役的胜利后这样宣称，拉丁文为 *veni, vidi, vici*。
2　路德城（Lud's town）：即伦敦，以辛白林的祖父路德王命名。

果凯撒能用毯子遮住太阳，或者把月亮装进口袋，为了光明，
我们就向他进贡；否则，父王，请求你不要再进贡。

辛白林　（对卢修斯）你要知道，
在咄咄逼人的罗马人逼迫我们
进贡之前，我们本来自由自在。
当初凯撒雄心勃勃，几乎要吞并
整个世界；他毫无借口地把这枷锁
套在我们身上。而摆脱这个枷锁，
正是我们自认为骁勇善战的民族
应有的使命。我们现在正告凯撒：
制定我国法律的穆尔穆蒂乌斯[1]是我们祖先，
那法律的效用曾遭到凯撒武力摧残；
凭我们现有的力量，恢复法律的尊严
乃是我们义不容辞的责任，纵然
因此而开罪凯撒也在所不顾。
穆尔穆蒂乌斯为我们制定法律，
他是第一个将金冠戴在头顶、
自立为王的不列颠人。

卢修斯　我很遗憾，辛白林，
我要宣布奥古斯都·凯撒为您的敌人。
在这位凯撒麾下做奴仆的国王
多过您全国的官吏。听好，
以凯撒的名义，我现在向您宣告：
战争与毁灭将降临到您的头上，
等着面对无敌的军队。宣告完毕。

1　穆尔穆蒂乌斯（Mulmutius）：据传为第一位不列颠国王（约公元前 4 世纪）。

	多谢您对我个人的礼遇。
辛白林	我们欢迎你来，卡尤斯。 你们的凯撒曾封我为骑士；我在他的麾下 度过许多青春时光，从他那里获得荣誉； 现在他要剥夺我的荣誉，如有必要 我当誓死保卫。我完全知道 潘诺尼亚人和达尔马提亚人¹为了自由 已经揭竿而起。知道这样的先例 而不去效仿，不列颠人就没有骨气； 不可以让凯撒把我们看低。
卢修斯	让事实证明吧。
克洛顿	国王陛下对你表示欢迎。请你在我们这里逗留一两日，延期 几天；日后我们兵戎相见，地点将是环绕我国的大海；如果 你们把我们赶走，国土便归你们所有；如果你们的企图失败， 我国的乌鸦会拿你们饱餐一顿²。如此而已。
卢修斯	好吧，先生。
辛白林	我已知你主人的意图，他也知我的答复； 余下的话就是"欢迎光临"³！ 众人下

---

1 潘诺尼亚人和达尔马提亚人（Pannonians and Dalmatians）：居住在如今匈牙利和巴尔干半岛一带的古代民族。

2 意指：你们战死后，乌鸦将啄食你们的腐肉。——译者附注

3 意指：既欢迎使臣卢修斯此番到来，也不怕日后罗马大军进犯。——译者附注

第二场　/　景同前

皮萨尼奥读信上

皮萨尼奥　怎么？犯有奸情？你为什么不提
指控她的是哪一个妖魔？主人哪！
你的耳朵灌进了什么离奇毒药！
哪个口毒手狠的意大利人这样
搬弄是非，使你轻信谗言？
不忠贞？不，她就是因为忠贞
才受尽折磨；不只是本分的妇人，
更是圣洁女神，抵抗着让人失节
堕落的种种逼迫。啊，我的主人！
你现在对她所怀的卑劣居心
恰恰符合你的卑微命运。怎么？
我该杀了她，因为我曾宣誓效忠于
你的命令？我，她？她的血？
如果杀人才算尽职，我永远不算
一个尽职的人。难道我看起来
缺乏人性，可以把这样冷酷的事情
摊到我头上？——（读信）"务必照办：
我已另有一函给她，让她亲自吩咐，
给你下手的机会。"啊，可恶的信纸！
你的内容就像你上面的墨水一般乌黑！
冷漠无情的玩意儿，看起来处女般纯洁，
竟是这罪行的帮凶！瞧，她来了。

伊诺贞上

    主人的命令我要当作毫不知情。

伊诺贞 喂，皮萨尼奥！

皮萨尼奥 夫人，这儿有我主人的一封信。

伊诺贞 谁？你主人？那便是我的夫君莱奥那图斯！

    啊！星相学家对天上的星辰，如果能像我

    对他的字迹一般熟悉，可真算学识精深，

    他就能洞察未来。仁慈的神哪，

    让这信中洋溢着爱、夫君的健康

    和他的满意，而不是我俩的分离。

    让他尝尝这种苦头也好。有些痛苦

    有药物的疗效，譬如分离就是爱的药剂，

    除此之外，愿他一切如意。

    （启封）好封蜡！借光借光，

    愿为私信制造封蜡的蜜蜂们有福！

    情人和叛徒在启封时有不同心愿，

    你们将叛徒投入监牢，也固封了

    爱神的信笺。神哪，愿是好消息！

    （读信）"我最挚爱的人，你若不肯与我再见一面，纵使我回国冒令尊之盛怒，受法律之严惩，于我尚不如此残酷。请注意，我已到坎布里亚之米尔福德港[1]；闻讯后，你将如何行事，悉听你自己的爱情做主。愿你幸福美满，我将永远忠于誓约，对你的爱与日俱增。波塞摩斯·莱奥那图斯。"

    啊！我愿有一匹插翅的马！皮萨尼奥，

1　坎布里亚（Cambria）为威尔士（Wales）的拉丁名；米尔福德港（Milford Haven）为威尔士西南部港口。

听见没有？他在米尔福德港。你看一看，
告诉我去那儿有多远。一个人如果
没有急事，到那里要花一个星期，
我能否在一天之内飞奔到那里？
所以，忠心的皮萨尼奥，你也像我一样
渴望见到你的主人。啊，纠正一下，
你不如我渴望，虽然也渴望，程度低一些；
啊，和我不一样，我的渴望无边无际；
说，快说——爱情顾问说话滔滔不绝，
让耳朵难以承受——到幸福的米尔福德
到底有多远；并且，你还要告诉我，
威尔士何其幸运拥有这样一个港口。
但首先要说，我们如何从这儿
偷逃出去；从离开到返回这儿的
一段时间，我们找什么借口掩人耳目；
不过，先说怎么离开此地。
为什么还未开始就需要找借口？
这个我们以后再说。请你说说，
我们骑马每小时可以走
几十哩路程？

皮萨尼奥 公主，从日出到日落，
您最多能骑二十哩，也许还高估太多。[1]

伊诺贞 哎呀，一个骑马去受死刑的人
也不会这么慢；我听说过赛马打赌，

1　公主询问每小时的（'twixt hour and hour）路程，皮萨尼奥估计每天的（'twixt sun and sun）
行程。问的人急不可耐，答的人据实判断。

那些马跑起来比钟漏里的流沙还快。

开开玩笑。去吧，叫我的侍女装病，

让她回到她父亲家里；

立刻给我准备一套骑装，

不必太华贵，只要适合

一个乡绅妻子的身份就行。

皮萨尼奥　公主，您最好考虑一下。

伊诺贞　我放眼一看，这边那边，

思前想后，都是迷雾一团，

实在看不透。去吧，我请你，

照我说的做；什么也别说，

我唯一的去向就是米尔福德。　　　　　　　　　　同下

第三场　／　第八景

威尔士，贝拉律斯所居山洞外

贝拉律斯、吉德律斯与阿维古斯自洞中上

贝拉律斯　大好天气，不该躲在屋里，

尤其不该躲在我家这样低矮的屋里。

弯腰，孩子们；这个洞门教你们

如何礼拜上天，教你们低头做晨祷。

帝王的宫门高，即使巨人也可以戴着

叛逆的头巾 [1]，大大咧咧地进出，
不用向太阳道早安。敬礼，美丽的苍天！
我们虽以岩洞为家，但不像身居广厦的人
对你那样冷淡。

吉德律斯 敬礼，苍天！

阿维古斯 敬礼，苍天！

贝拉律斯 现在我们上山打猎。你们年轻人腿脚好，
到那边山上去；我就在平地上跑跑。
当你们在高处看到我如同乌鸦大小，
要想到因为地势才显出大小之分；
你们再想想我曾经告诉你们的有关
宫廷、王公和战争谋略的故事。
这样辛苦无所谓，辛苦没关系，
只要有人赏识。如果这样看问题，
则我们所见的一切，都会有所裨益。
我们常常可以引以自慰地发现
钻营粪土的甲虫比展翅高飞的老鹰
更加安全。啊，我们现在的生活
比伺候权贵、忍受叱责要高贵，
比无所事事、享受俸禄要富有，
比身穿绫罗、巧取豪夺要体面。
穿着讲究的人要裁缝脱帽致敬，
却不肯把欠账勾销；和我们不能比。

吉德律斯 这是你的经验之谈。我们是

---

1 叛逆的头巾（impious turbans）：指戴头巾的异教徒。传奇文学中经常将巨人描绘成撒拉逊
人（Saracens）的形象。

羽翼未丰的小鸟，从不曾飞离老巢，
也不知道家乡之外还有什么世面。
这样生活也许最好，如果安宁就算好。
这种生活对于你这样饱经沧桑的人
格外甜美，适合你的垂垂暮年；
但对于我们，这是无知的暗室，
卧榻上的旅行，负债人的监狱，
画地为牢，不敢迈步。

阿维古斯 有一天我们像你这样老迈，
能有什么谈资？在阴霾笼罩的严冬，
听着风吹雨打，在这严寒刺骨的
石窟里，我们将聊些什么去挨过
冰冷的时光？我们没有任何见识，
如同野兽：捕猎时像狐狸般狡诈，
撕咬食物时像豺狼一般毒辣。
我们的勇敢只为了追逐逃亡的动物；
我们像是被囚禁的鸟，把笼子当作
我们的歌厅，放声歌唱我们的桎梏。

贝拉律斯 你们怎能这么说！
要是你们知道城市里的巧取豪夺，
亲自尝尝那种滋味；要是你们知道
宫廷里的钩心斗角，取舍都同样难熬，
爬得高，跌得重，道路滑溜溜，
走起来提心吊胆，生怕有闪失；
还有战争的艰苦，名为扬名得奖，
实际在追逐危险，一旦功败垂成，
往往只得到几行耻辱的墓志铭，

伴随几许功业的记载。唉，做了好事
反遭恶报已经司空见惯；更糟的是，
受到判罚还要恭敬致谢。孩子们哪！
世人看得出来，我是在现身说法。
我身上还有罗马人的剑伤，我的名声
曾经在最知名的人物中位列前茅。
辛白林宠爱我，谈起军人来，我的名字
总不会受冷落。那时候，我就像一棵
果实累累的大树，但一夜之间风暴突起，
或强盗光临，随你怎么说，把我成熟的
果实吹落，不，连叶子也一扫而光，
让我光秃秃的承受风雨欺凌。

吉德律斯　恩宠靠不住！

贝拉律斯　我多次告诉过你们，我并没有过错，
但是两个小人，他们的虚假誓言
竟然盖过我完好的名誉，他们向
辛白林赌咒说我勾结罗马人。
自从我被放逐之后，二十年来，
这个石窟和这片土地就成为我的世界，
我在这里过着诚实自由的生活，
报答着上天对我的厚爱，
比整个前半生都更虔诚。
不说啦，上山吧！这不是猎人的言谈。
谁最先把鹿打到，谁就是宴会的主人；
其余两个人就要来服侍他。
我们无须担心有人下毒，像那些
豪门盛宴一样。我们在山谷里见。　　吉德律斯与阿维古斯下

天性的火花是多么难以掩盖！
这两个孩子丝毫不知他们是国王的儿子；
辛白林也梦想不到他们还活在世上。
他们认我为父，在这卑微的石洞里长大，
进进出出弯腰曲背，但是他们的思想
却直冲宫殿的穹顶；天性让他们
即使在简单渺小的事物中也表现出
超乎常人的贵胄风度。这个波利多，
是辛白林国王与不列颠的继承者，
他的父王给他取名为吉德律斯。
我的天！当我坐在三脚凳上讲述我
以往战绩之时，他心驰神往，
如身临其境。当我说到"我的敌人
这样倒下，我这样脚踏他的脖子"，
在那时，他的高贵血液涌到脸上，
他汗流浃背，青春的肌腱在鼓胀，
摆出各种姿势，表演我讲的故事。
他的弟弟卡德华，本名阿维古斯，
也毫不逊色，把情节表现得活灵活现，
并加入他的种种想象。（号角起）听，猎物已受惊！
辛白林哪！上天和我的良心知道，
你不应该将我无辜放逐。所以，
我才偷出两个孩子，那时一个三岁，
一个才两岁，只想断绝你的王位传承，
正如你剥夺了我的土地。尤莉菲尔，
你是他们的奶娘，他们当你是亲妈，
每天到你的墓前致敬。

我自己呢，贝拉律斯，现化名摩根，

他们认作亲生父亲。打猎结束啦。　　　　　　　　　　下

第四场　　/　　第九景

米尔福德港附近

皮萨尼奥与伊诺贞上，伊诺贞着骑装

伊诺贞　我们下马时，你告诉我那地方近在咫尺；

就算我母亲要看刚刚出生的我，那心情

也不如我这般迫切。你呀！皮萨尼奥，

波塞摩斯在哪里？你这样呆呆地看，

心里到底有什么念头？为什么

你要从内心发出深深的叹息？

你这样一副表情就算出现在画中，

别人也认为你茫然若失，无法自解。

不要摆出这吓人的样子，否则，

我会惊慌失措，无法平静。

怎么回事？你为什么以这样揪心的眼神

把这封信交给我？如果是温暖的喜讯，

你应该笑逐颜开；如果是冷酷的噩耗，

那就继续装你的苦相。我丈夫的笔迹！

以毒药害人而闻名的意大利[1]一定已经

将他欺骗，他现在身处困境。你说话呀，

由你口述会减少一些刺激，

我自己看恐怕会伤心欲绝。

皮萨尼奥　请您自己看吧。

您会发现我是一个倒霉蛋，

最不受命运待见。

伊诺贞　（读信）"皮萨尼奥，你的女主人是一个娼妇；证据不止一样，
让我心头滴血。我的话绝非无端猜疑，证据之确凿恰如我悲
伤之强烈，因此我坚定了复仇之心。皮萨尼奥，你的忠诚如
果没有因为她的变节而受污染，就必须为我执行此事。你必
须亲手夺取她的生命，我会在米尔福德港为你安排机会。我
已写信约她前往该地；如果你迟疑不决，不敢动手，却对我
声称已经照办，那么你便是帮她淫乱的皮条客，对我同样是
不忠。"

皮萨尼奥　（旁白）我何必拔剑？这封信已经

割断她的喉管。不，这是谣言，

其锋刃比剑还锐利，其舌头

比尼罗河所有的毒蛇[2]更致命，

气息一旦乘风飞散，就会把谎言

传到世界各个角落。国王、王后、

显贵、少女和妇人，甚至幽暗的墓穴，

这种恶毒的谣言无孔不入。怎么了，夫人？

伊诺贞　不忠于他的床笫？怎样才算不忠？

1　意大利曾经以制造毒药之类的物质而闻名。

2　影射剧毒的角蝰，埃及女王克莉奥佩特拉即用此蛇自杀。

是躺在床上因思念他而彻夜难眠吗？

是一时接一时地哭泣吗？是倦极入睡，

做了关于他的噩梦而哭醒过来吗？

这便是不忠于他的床第，是吗？

皮萨尼奥　哎呀，好夫人。

伊诺贞　我不忠？你[1]的良心来作证吧。

亚基莫，你曾经谴责他行为放荡，

那时候你看起来像一个恶棍；

我现在觉得你[2]的相貌好得很。

意大利的哪位娼妇生下的淫娃

让他变了心；可怜我不再新鲜，

像一件过时衣服，挂在墙上嫌浪费，

只能将我撕毁。啊！把我撕碎吧！

男人的誓言就是女人的陷阱。夫君哪！

由于你的变心，一切美好的外表将被

看成掩饰奸恶的面具；外表并非天生，

而是故意加上的，只为引诱女人。

皮萨尼奥　好夫人，听我说。

伊诺贞　埃涅阿斯一旦被认为不忠[3]，

正人君子接着也会遭人诟病；

西农让真诚的眼泪失去信用[4]，

1　这里所说的"你"可能指不在场的波塞摩斯。

2　这里所说的"你"是针对亚基莫说的。——译者附注

3　埃涅阿斯（Aeneas）爱上迦太基女王狄多（Dido），后将她抛弃，导致狄多自杀。见维吉尔（Virgil）史诗《埃涅阿斯纪》（Aeneid）。

4　西农（Sinon）流的是鳄鱼之泪，曾以此劝说特洛伊人打开城门，接纳藏有希腊军人的木马，导致特洛伊城陷落。

真正的苦难不再得到同情。所以你，

波塞摩斯，将使所有好男儿遭殃；

由于你的堕落，一切风流倜傥的男人

都成了负心汉。——（对皮萨尼奥）来吧，朋友，

你要忠实，执行你主人的命令。

当你见到他时，略加证明我的顺从。

我自己来拔剑吧，（拔剑递给皮萨尼奥）拿着，将它插入

我的心窝，那是我纯洁爱情的所在。

不用害怕，里面除了悲伤空无所有；

你的主人已不在里面，他的确曾是

其中的宝藏。按照他的命令，动手吧。

做正大光明的事，你也许十分英武，

但现在你却像个懦夫。

皮萨尼奥 （扔剑）去，罪恶的武器！

你不可玷污我的手！

伊诺贞 唉，我必须死；

如果我不是死在你的手上，

你便算不上你主人的奴仆。

神圣的上天严禁自杀，我胆小手软

也干不出。来吧，这儿是我的心坎。

这前面还有什么东西；且慢，且慢！

我不会抵抗，会像剑鞘般顺从。[1]（从胸前取出信）这是什么？

是忠诚的莱奥那图斯写给我的经文，

可现在都变成异端邪说。（扔信）去，去！

你破坏我的忠贞，再也不能护卫

1　意指：我的胸膛好似剑鞘一样，顺从地接受利剑的插入。

我的心灵！可怜的傻瓜
就这样信任虚伪的教师；
被骗的虽然饱尝欺骗之苦，
但是那骗子才苦不堪言。
你，波塞摩斯，当初教唆我
反抗父王，还挑拨我轻蔑
王公贵族的求婚；以后你会发现
那绝不是寻常的举动，而需要
稀有的胆量；想起来，我好伤心，
你现在贪恋一个女人，一旦腻烦，
感官变得迟钝，你若再想起我，
将会感到怎样痛苦。请你赶快动手，
羔羊在恳求屠夫：你的刀子在哪里？
这是你主人的命令，也是我的愿望，
你执行得太迟缓。

皮萨尼奥　　啊，宽容的夫人！
自从我奉命执行这个任务，
我还没有合过眼。

伊诺贞　　动手吧，干完了就去睡觉。

皮萨尼奥　　我宁可睁大眼睛，直到眼珠都掉出来。

伊诺贞　　那你为什么接受这项任务？
为什么假托借口跑了这么多冤枉路？
偏偏到这个地方？为什么你我奔波，
我们的马也劳苦？目前这时候
不正好让你动手？难道怕我的失踪
将惊动宫廷？可我从没打算回头。
你已走到这一步，来到伏击地点，

选中的鹿儿就在你眼前，
为什么又改变主意不张弓射箭？

皮萨尼奥 只为了争取时间，
逃避这样一个苦差，
我已经想到一条出路。
好夫人，请耐心听我说。

伊诺贞 说吧，你尽管说得舌头酸软。我已经
听说我是个娼妇，我的耳朵受到污蔑，
再大的伤害也不要紧，医生的探针
也测不出我伤口有多深。你就说吧。

皮萨尼奥 好吧，夫人，
我原想您不会再回去。

伊诺贞 完全可能，
你带我来这里就是要将我杀死。

皮萨尼奥 不，不是这样。
如果我既忠实，又聪明，
我的计划就会取得成功。我的主人
一定受了蒙骗。有个混蛋，
哼！手段一定极其高强，
用这种该死的法子让你们两败俱伤。

伊诺贞 一定是罗马的娼妓。

皮萨尼奥 不，我拿性命发誓。
我要通知他您已经死亡，给他寄
一些带血的证物，因为我奉命
必须这么做。您从宫廷失踪的传言
将足以证实我的通知。

伊诺贞 哎哟，我的好人！

接下来我要怎么做？住在何处？怎样生活？
如果我的夫君认为我已死去，
生活对我还有什么乐趣？

皮萨尼奥 如果您愿意返回宫廷——

伊诺贞 我不要宫廷，不要父亲，不要再和那个
虽有贵族身份、但粗鲁又愚蠢的废物打交道。
那个克洛顿，他的求爱对于我
就像敌人围攻一样可怕。

皮萨尼奥 您要是不愿意回宫，
就不能待在不列颠。

伊诺贞 那去哪里？
难道所有阳光都照耀在不列颠？
除了不列颠，别处就没有日夜轮转？
世界是一部大书，不列颠这一页
却位于书外[1]；好似水池中的一只天鹅巢。
你想一想看，不列颠之外也有人烟。

皮萨尼奥 我很高兴
您想到别的地方。罗马的使臣
卢修斯明天将到达米尔福德港。
您如今命运晦暗，如果您
让心情同样黯淡，再乔装打扮——
照您本来的样子，一定会
惹祸上身——这样您就一定会
踏上一条坦途，观察世间百态；
是的，或许走近波塞摩斯的住处，

---

1 意指：不列颠是世界这本书中被撕下的一页。

纵然您不会亲眼看到他的一举一动，

但是至少可以随时从别人的口中

得知他真实的消息。

伊诺贞 啊！有这样的妙计，

纵使有风险，只要名节没有损失，

我也愿意一试。

皮萨尼奥 好了，那么听我说：

您必须忘记您是一个女人；骄纵

要改为顺从；胆怯与羞涩——

此乃一切女人的秉性，更确切地说

因之而显得娇媚——要改为大胆泼辣；

讥讽的话要挂在嘴边，应答机敏，

鲁莽不驯，黄鼠狼一般爱吵爱闹；

您还必须要忘掉您的花容月貌，

让它接受——啊，这么说太狠心！

不过，没有办法——让它接受

亲吻一切的提坦[1]的贪婪抚摸；

忘了您那些做工考究的华丽衣服，

以免让天后朱诺[2]嫉妒。

伊诺贞 得啦，说简单些。

我明白你的用意，几乎要

把我变成一位男子。

皮萨尼奥 首先，您要女扮男装。

我事先想到这一点，已经备好。（↓递过一包衣物↓）

---

1 提坦（Titan）：指照临万物的太阳。

2 朱诺（Juno）：至高天神朱庇特的妻子，嫉妒其丈夫贪恋人间女子。

衣包里有紧身上衣、帽子、长袜以及
一切相关物件；穿上这样的衣服，
再模仿同龄的年轻男子的神态，
到尊贵的卢修斯面前引荐您自己，
请他收留您，告诉他您的长处何在——
如果他的耳朵能鉴赏音乐，您的声音
一听就让人相信——毫无疑问
他将乐于接受您，因为他是
一个体面的人，品德尤为高尚。
您在外面的花销全都包在我身上，
从一开始，我将保证供应。

伊诺贞   你是神赐予我的
全部安慰。请你去吧，
还有一些事情需要考虑，不过
我们要充分利用大好的时间。
我将果敢地进行这种尝试，
以崇高的勇气坚持到底。请去吧。

皮萨尼奥   好的，夫人，我们必须匆匆分手。
否则他们若找不到我，就会怀疑是我
把您从宫中拐走。我高贵的女主人，
这里有一个盒子，是王后给我的，
里面的东西十分宝贵。如果您在海上晕船，
或者在陆上呕吐，只要服下一点点，
就能药到病除。找一个隐蔽处，
换上男人的装束。愿神引导您
走上幸福之路！

伊诺贞   阿门！谢谢你！   *同下*

第五场　　/　　第十景

不列颠王宫
辛白林、王后、克洛顿、卢修斯及众贵族上

辛白林　　恕不远送，再会吧。

卢修斯　　谢谢，陛下。
　　　　　　本国皇帝有旨，我必须返回；
　　　　　　很遗憾我必须回去报告
　　　　　　您是我主上的敌人。

辛白林　　阁下，我的臣民
　　　　　　不愿忍受为他做牛做马；我自己
　　　　　　如果不比他们表示更多的尊严，
　　　　　　就有失国王身份。

卢修斯　　是的，陛下。请求您
　　　　　　派人护送我从陆路到米尔福德港。
　　　　　　王后，愿一切快乐降临在您身上。

辛白林　　诸位，你们奉命担任护送任务，
　　　　　　一切应有礼节，不可疏忽。
　　　　　　再会吧，高贵的卢修斯。

卢修斯　　把您的手伸给我，殿下。

克洛顿　　以友好的方式接着，但从此以后
　　　　　　我就是你的敌人。

卢修斯　　殿下，结果还不知道
　　　　　　谁胜谁败。再会吧！

辛白林　　诸位贤臣，你们护送尊贵的卢修斯

	一直到他渡过塞文河[1]。祝你幸福！	卢修斯等下

王后 他蹙着眉头而去；但是让他
愁眉不展正是我们的荣光。

克洛顿 这样才好，
勇敢的不列颠人都会称心如意。

辛白林 卢修斯已经把这里的情况
通告罗马皇帝，所以我们应该
将我们的骑兵和战车部署到位；
驻扎在法兰西的罗马军队不久
就会集结起来，从那里向不列颠
发动攻势。

王后 这不是可以糊涂蒙混的事情，
必须全副武装，马上应对。

辛白林 我们已经料到这一招，早就
有所准备。可是，我的好王后，
我的女儿在哪里？她没有
在罗马使臣前露面，也没有
向我请安。她简直把我
当作仇人，忘了做女儿的孝心，
我早就看出来了。叫她来见我，
我一向过于宠她。 一或多人下

王后 陛下，
自从波塞摩斯被放逐以后，
她一直过着深居简出的生活；
这种状态必须让时间来医治。

---

1 塞文河（Severn）：英格兰和威尔士之间的界河。

请陛下不要把她责骂。她是一位
受不起委屈的女子，责难对她
好似鞭挞，而鞭挞等于要她死。

一信差上

辛白林　她在哪里？
　　　　她这种目无尊长的态度该如何解释？

信差　启禀陛下，
　　　　公主的房间都上了锁，无论我们怎么
　　　　喊破嗓子也没有任何应声。

王后　陛下，上一次我探望她时，
　　　　她请求我原谅她闭门不出。
　　　　她说应该每天前来向您请安，
　　　　因为身体有恙，这种孝道现在
　　　　也无法履行。她要我把这话
　　　　转陈于您，但是因为宫中有事，
　　　　我忘记提起。

辛白林　她的门都上了锁？
　　　　最近没有露面？天哪！但愿我的担忧
　　　　不会变成事实。　　　　　　　　　　下

王后　我说，儿子，跟着国王。

克洛顿　她的仆人皮萨尼奥，还有她的老用人
　　　　这两天我也没有看到。　　　　　　下

王后　去吧，去找找。——
　　　　皮萨尼奥，你对波塞摩斯忠贞不贰！
　　　　他拿了我的毒药；但愿他的失踪
　　　　是由于服毒身亡，因为他相信
　　　　那是十分珍贵的东西。可是公主呢，

她到哪里去了？也许她因为绝望而自杀，
也许她乘着爱的翅膀，满怀热望
飞到她心爱的波塞摩斯那里去了。
无论是奔向死亡，还是丧失名节，
她的行为都有利我的目标。她要是倒下，
不列颠的王权就将由我说话。——

克洛顿上

　　　　　怎么样，我的儿子？

克洛顿　　她准是逃走啦。
　　　　　进去安慰安慰国王吧；他怒气冲天，
　　　　　没人敢靠近。

王后　　（旁白）这样反而更好；但愿
　　　　　他一夜咽气再也见不到明天。　　　　　　　　王后下

克洛顿　　我对她又爱又恨，因为她美丽高贵，
　　　　　具备一切贵族品质，比任何女性，
　　　　　所有女性，整个女性都更优雅；
　　　　　她将每个女人的优点荟萃于一身，
　　　　　比她们全都高超。因此我爱她。
　　　　　但是，她瞧不起我，反而对卑微的
　　　　　波塞摩斯泼洒宠爱，这说明她
　　　　　不识好歹，她的珍稀优点也被埋没。
　　　　　正因为这样，我决定恨她，不，
　　　　　我还要报复她。因为当傻瓜们——

皮萨尼奥上

　　　　　这是谁？浑小子，有何居心？过来！
　　　　　啊，你这宝贝的皮条客，混账东西！
　　　　　你的女主人在哪里？快说，要不然

	我就直接送你见魔鬼。（恐吓他）
皮萨尼奥	啊，我的好殿下！
克洛顿	你的女主人在哪里？凭朱庇特发誓，
	我最后一次问你。鬼鬼祟祟的小人，
	我要从你的心里探出这个秘密，
	要不，我就要剖开你的心来寻找。
	她是不是和波塞摩斯在一起？
	他浑身卑贱，没有丝毫价值。
皮萨尼奥	哎呀，殿下，
	公主怎么会和他在一起？她何时不见了？
	他可还在罗马哩。
克洛顿	她在哪里？走上前来，
	别再吞吞吐吐，把她的下落
	统统告诉我。
皮萨尼奥	啊，我最尊贵的殿下！
克洛顿	最奸诈的混蛋！
	马上说你的女主人在哪里，别再废话，
	别再讲什么"最尊贵的殿下"！
	讲，你再不说话，我立刻
	将你判罪处死。
皮萨尼奥	好吧，殿下，
	我所知道的关于她逃走的经过
	全都在这封信里。（展示一信）
克洛顿	让我看看。我要追到她，
	哪怕追到奥古斯都的皇座前。
皮萨尼奥	（旁白）不交信，就没命。
	她已经走得很远，他看信之后，

无非白白尾随一趟，对她并无危险。

克洛顿　　哼！

皮萨尼奥　　（旁白）我要写信告诉我的主人，说她已经死亡。

　　　　　伊诺贞哪！愿你一路顺利，再平安归来！

克洛顿　　狗东西，这信可是真的？

皮萨尼奥　　殿下，我想是真的。

克洛顿　　这是波塞摩斯的笔迹，我认识。浑小子，如果你不愿做坏蛋，
　　　　　而愿为我尽忠效命，我有什么重要的事情用得着你，就是说，
　　　　　无论我吩咐你做什么阴损混账的事情，你都爽爽快快地替我
　　　　　认真办好，我就会把你当作一个诚实的人。你想要酬劳，还
　　　　　是想要提拔，都包在我身上，我替你讲话。

皮萨尼奥　　嗯，我的好殿下。

克洛顿　　你愿意为我做事吗？你既然能够一心一意追随那个一无所有、
　　　　　乞丐一般的波塞摩斯，就算出于感激之情，难道你不应成为
　　　　　我卖力的仆人吗？你可愿意为我做事？

皮萨尼奥　　殿下，我愿意。

克洛顿　　伸出手来，我的钱包你拿去。你手里有没有你那旧主人留下
　　　　　的衣服？

皮萨尼奥　　有的，殿下，在我的住处，就是他与我的女主人道别时穿的
　　　　　那身衣服。

克洛顿　　你为我做的第一件事情，就是把那身衣服拿来。这就是你的
　　　　　第一个差事，去吧。

皮萨尼奥　　我这就去，殿下。　　　　　　　　　　　　　　　　下

克洛顿　　在米尔福德港与你相会！——我忘记问他一桩事情[1]，等会儿
　　　　　一定记着问他——就在那里，波塞摩斯你这混蛋，我要弄死

1　指忘记问伊诺贞已经离开多久。——译者附注

你。愿那身衣服快点送来。她曾经说——那种狠话搁在我心里不吐不快——她认为波塞摩斯的破衣烂衫比我这天生高贵的人物，加上我富丽的才华，更值得敬重。我就要穿着那衣服去奸污她；先当着她的面，把他杀死；让她看看我的英武，要她悔不当初，不该那样瞧不起我。他倒在地上，我还要对着他的尸首尽情辱骂发泄，然后在她身上满足我的肉欲——刚才我说，为了折磨她，我还要穿着她盛赞的衣服来发威——我要连踢带打把她赶回宫中。她曾经得意洋洋地蔑视我，我就要痛痛快快地报复她。——

皮萨尼奥执波塞摩斯的衣物上

这就是他的衣服吗？

皮萨尼奥　是的，高贵的殿下。

克洛顿　她去米尔福德港有多久啦？

皮萨尼奥　现在恐怕还没到哩。

克洛顿　把这件衣服送到我房里去。这是我吩咐你做的第二个差事，第三个差事就是你必须自愿对我的计划守口如瓶。你只要竭尽忠心，我就会好好提拔你。我现在要到米尔福德港报仇去；我愿生出翅膀，一路飞过去。好吧，要忠心。　　　下

皮萨尼奥　听你吩咐就是抹杀我的名节。

对你忠心就是背叛正人君子，

我绝不肯。到米尔福德港去吧，

你根本找不到你要追寻的她。

来吧，愿上天的祝福降临到她身上！

愿这傻瓜一路重重障碍，白白奔忙！　　　下

第六场 / 第十一景

威尔士，贝拉律斯所居山洞外

伊诺贞独自上，着侍童装

伊诺贞　　我看当个男的确实辛苦；

我已经筋疲力尽，连着两个夜晚

都席地而睡。若不是我的决心

支撑着我，我一定会病倒。米尔福德，

当皮萨尼奥在山顶上把你指点时，

你已经在望。天哪！难道连慈善所

都会躲避可怜人吗？我的意思是人们

本该在那里得到救济。两个乞丐告诉我，

这么走没错。苦命人自己在受磨难，

明知磨难是一种惩罚，或是考验，

难道会向人撒谎？对啦，有何奇怪，

富人们也难得说句真话。生活优渥的人

干坏事比穷困的人撒谎更加可恶，

国王的欺诈比乞丐的谎话更严重。

我亲爱的丈夫，你便是个负心汉。

现在一想到你，我连饥饿也忘了，

可刚才我饿得几乎要倒下。这是什么？

一条小路通向那边，那必是野人的巢穴。

我最好不要上门，我也不敢上门；

可是饥饿在将人打垮之前，反而会

让人勇敢。富足安宁的生活培养懦夫，

困苦永远是坚强之母。喂，有人吗？
要是有文明人，请说话；假如是野人，
要么取我性命，要么给我食物。喂！没人答话？
那么我要进去啦。最好拔出剑，如果敌人
像我一样怕剑，就看都不敢看一眼。（拔剑）
天哪，但愿遇到这样一个对手！　　　　　　　入洞中下

贝拉律斯、吉德律斯与阿维古斯上

贝拉律斯　波利多，你已经证明是最佳猎手，
你是宴会的主人，卡德华和我来做
厨子和仆人，这是我们的约定。
要不是为了争出一个结果，谁也不会
挥洒辛勤的汗水。来吧，我们饥肠辘辘，
家常便饭成了可口的美味。疲倦的人
可以在硬石板上呼呼大睡，懒汉睡在
鸭绒枕上还嫌太硬。可怜的屋子
没有人照看，愿这里享有平安！

吉德律斯　我疲倦极了。

阿维古斯　我累得没了力气，不过胃口很好。

吉德律斯　洞里有冷肉，我们一边拿来充饥，
一边烹制我们今天打的野味。

贝拉律斯　（向洞内望）且慢，不要进去；
要不是那人在吃我们的东西，
我一定当他是一位神仙。

吉德律斯　什么事情，父亲？

贝拉律斯　凭朱庇特发誓，是一位天使！
要不然就是人间的典范。看来宛若神仙，
原来只是一个少年。

伊诺贞上

伊诺贞	好先生们，不要伤害我。 我在进来之前，曾经打过招呼， 本想讨些或买些食物；老实说， 我什么也没偷，即使遍地撒满黄金， 我也不会拿的。(拿出钱)这是我吃肉的钱， 我本想吃完之后就把钱放在桌上， 为这里的主人祷告一番， 然后就离去。
吉德律斯	钱吗，小伙子？
阿维古斯	一切金银尽可以化作粪土， 有些人崇拜肮脏的神，只有他们才认为 金钱好过粪土。
伊诺贞	我看你们怒气冲冲。 就算你们因为我的过错而杀我， 但要知道，不这样我早就没命啦。
贝拉律斯	你要到哪里去？
伊诺贞	去米尔福德港。
贝拉律斯	你叫什么名字？
伊诺贞	我叫菲代尔[1]，先生。我有一个亲戚 要去意大利；他在米尔福德港上船， 我要赶去他那里，饿得筋疲力尽， 不得已才犯下这个过错。
贝拉律斯	美貌的少年，请不要把我们当粗人， 也不要以简陋的居所衡量我们的善心。

---

1 菲代尔（Fidele）：拉丁文的意思是"忠实的人"。

欢迎光临！天快要黑了，

在你离开之前我们要款待你，

我们同意你留下来，与我们共餐。

孩子们，对他表示欢迎。

吉德律斯　假如你是个女人，我一定

大胆追求做你忠实的丈夫。哎呀，

无论多高价钱，我都要将你得到。

阿维古斯　因为他是男子，我感到欣慰；

我爱他如同爱我的兄弟。欢迎你，

就像欢迎一位久别重逢的人。

热烈欢迎！快乐起来吧，

因为你处在朋友们中间。

伊诺贞　当然是在朋友们中间，

如果你们是我的两位哥哥。——（旁白）如果他们是

我父亲的儿子，那么我的身价就会

降低一些；波塞摩斯呀，你我之间的

差距就不会这样悬殊。[1]

贝拉律斯　他坐立不安，定是有什么烦恼。

吉德律斯　但愿我能为他解除！

阿维古斯　我也愿意，无论什么烦恼，

无论付出多少辛劳，冒多大危险。神哪！

贝拉律斯　（与他们一旁耳语）听我说，孩子们。

伊诺贞　（独白）伟大的人物

如果住在大不过这个洞穴的宫廷里，

1　如果这两位年轻人是伊诺贞的哥哥，她将不再是王位的顺位继承人，她的身份将会降低一
　　些，因此就缩小与波塞摩斯之间的差距。

需要自己照顾自己，只具备良心
本有的美德——撇开反复无常的
大众所作的廉价奉承——不见得会
盖过这两位青年。饶恕我吧，神！
既然莱奥那图斯无情无义，
我愿改变性别与他们做伴。

贝拉律斯 就这样办。孩子们，我们去准备
烹制我们的猎物。英俊的小伙子，请进。
饿着肚子，说话也吃力；等我们吃过晚餐，
我们将体体面面地询问你的身世，
只要你愿意告诉我们。

吉德律斯 请过来吧。

阿维古斯 鸱枭迎黑夜，云雀迎清晨，也不及我们欢迎你。

伊诺贞 多谢，先生。

阿维古斯 请过来吧。　　　　　　　　　　　　　　　　众人下

第七场　　/　　第十二景

罗马

二罗马元老及众护民官上

元老甲 皇帝有旨：
鉴于我国大军如今正在讨伐
潘诺尼亚人和达尔马提亚人，

我驻法兰西军团力量薄弱，
不足以平定叛变的不列颠人，
故此晓谕全国士绅为扬我国威，
踊跃从军。晋封卢修斯为总督，
全权委任各位护民官
立刻征募兵员。
凯撒万岁！

护民官 卢修斯是全军统帅吗？

元老乙 是的。

护民官 他现在还在法兰西吗？

元老甲 率领着刚才我所说的军团，
正在等候你们征募的兵员
前去补充；兵员数目和开拔日期，
在各位的委派令中
均有明确规定。

护民官 我们必将履行我们的职责。

众人下

第四幕

威尔士境内

克洛顿独自上

克洛顿　　如果皮萨尼奥指示的方向没错，我已经接近他们约会的地点。他的衣服我穿着多么合身！做这身衣服的裁缝是上帝造的，他的爱人也是上帝造的，为什么她就不合我的身？原谅我说句粗话，女人是否合身，取决于有没有冲动的骚劲。我必须要自己下功夫。我敢对自己说——一个人在自己的房间里照镜子说话并不算虚荣——我的意思是，我身体的线条和他的一样好看；同样年轻，更为强壮，命运不比他差，时运要比他强，出身也比他好，用兵作战和他同样娴熟，单打独斗还比他更加出色。可是，这个不识好歹的傻货偏偏丢下我，爱上他。人类呀，真是莫名其妙！波塞摩斯，你的头现在还长在你的肩上，一小时之内就要搬家。我要强奸你的爱人，当着你的面把你的衣服撕碎；干完之后，我要踢打她回去见她的父亲。他老人家看我用这种粗暴手段，也许会生点气，但是我母亲可以控制他的脾气，把一切都化作我的功绩。我的马已经拴好。（拔剑）亮出来，宝剑，去干一次奸行！命运之神哪，让他们落在我手里！这地方符合他的描述，就是他们约会的地点。那家伙不敢骗我。　　　　　　　　　下

第二场 / 第十四景

威尔士，贝拉律斯所居山洞外

贝拉律斯、吉德律斯、阿维古斯与伊诺贞自洞中上，伊诺贞乔装为菲代尔

贝拉律斯 （对伊诺贞）你不舒服，就留在洞里吧，

我们打猎过后回来看你。

阿维古斯 （对伊诺贞）弟弟，安心住着吧；

我们不是兄弟吗？

伊诺贞 人与人之间应该像兄弟一般；

虽然贵贱不同，但都同样是

泥土所造。我病得厉害。

吉德律斯 你们去打猎，我来陪他。

伊诺贞 我没有什么大病，就是不舒服；

我可不是娇生惯养的人，没有病倒

就装出要死的样子。你们不必陪我，

不要放弃你们的日常习惯；破坏习惯，

全部都乱。我虽然有病，但你们陪着我

也于事无补。对于不善交往的人，

有人陪伴也不算安慰。我说话还

有条有理，可见病得不重。请相信我，

就算溜走，我也绝不会偷这里的东西；

偷穷人的东西，还不如让我去死。

吉德律斯 我爱你，我已经说了，

就像我爱我的父亲一样多，

一样深。

贝拉律斯　什么？怎样！怎样！

阿维古斯　如果这样说是一种罪过，父亲，

我愿和哥哥犯同样的错。我不知道

我为什么爱这个少年；我曾听你说过，

爱的理由就是无须理由。假如灵车

停在门前，要我说让谁先死，我会说：

"我的父亲，而不是这个少年。"

贝拉律斯　（旁白）啊，高贵的禀赋！

卓越的天性，伟大的品种！

懦夫生懦夫，贱种生贱种；

有米谷就有秕糠，有贵胄就有强梁。

我不是他们的父亲，这少年说来真是一个奇迹，

竟然比我赢得更多的爱意。——

（大声）现在已是早上九点啦！

阿维古斯　弟弟，再见。

伊诺贞　祝你们开心！

阿维古斯　祝你健康！——您请吧，父亲。

伊诺贞　（旁白）这些都是善良的人。

神哪！我过去听到的都是怎样的谎言！

宫里的人说，宫廷之外全属野蛮，

经验哪，你证明那是不实的谣传；

沧海上尽管有蛟龙出没，

小溪里也有鱼鲜来佐餐。

我还是不舒服，恶心难受。皮萨尼奥，

我现在要尝尝你的灵药。（服药）

吉德律斯　我还没有说动他。

他说他出身高贵，遭遇不幸；

受了他人欺骗，却仍真诚待人。

阿维古斯　他也这样回答我，可又说

以后我也许可以了解多一些。

贝拉律斯　打猎去，打猎去！

我们现在要离开你，进去休息休息。

阿维古斯　我们不会离开太久。

贝拉律斯　但愿你不要生病，

因为你还得为我们管家。

伊诺贞　不论有病没病，

我都感谢你们的友情。　　　　　　　　入洞中下

贝拉律斯　我们的友情永远不变。

这个少年虽然在受苦受难，看样子

像有很好的祖先。

阿维古斯　他唱起歌来多像天使！

吉德律斯　他的烹饪手艺多么精致！

他把菜根切成字母模样，调制的汤

像是用来滋补生病的朱诺女神。

阿维古斯　他以高雅的姿态，

让叹息声连着微笑，那叹息

似乎在自恨不能成为那微笑；

而那微笑又好像在嘲讽那叹息，

怪它不该从这样的圣殿中飞出，

与水手们诅咒的狂风厮混。

吉德律斯　我注意到

悲哀和忍耐在他心中生根，

盘根错节地纠缠在一起。

阿维古斯　　愿忍耐渐渐生长，
　　　　　　让腐臭的接骨木不要将枯萎的根茎
　　　　　　紧缠在欣欣向荣的藤蔓上。[1]

贝拉律斯　　天已经大亮。走吧！——谁在那里？

克洛顿上

克洛顿　　　我找不到那些逃亡的人；
　　　　　　那个混蛋骗我。我好累。

贝拉律斯　　"那些逃亡的人"？
　　　　　　他说的不是我们吧？我有点认识此人，
　　　　　　他是克洛顿，王后的儿子。怕有埋伏！
　　　　　　这么多年我没有见过他，但我知道
　　　　　　就是他。我们被当作亡命徒，逃吧！

吉德律斯　　他只是一个人。您和我弟弟去查看
　　　　　　附近有没有别人；你们去吧，
　　　　　　让我独自对付他。　　　　　　　贝拉律斯与阿维古斯下

克洛顿　　　且慢，你们是什么人？
　　　　　　为什么见我就逃？是不是山林里的混蛋？
　　　　　　我听说过这种人。你是个什么奴才？

吉德律斯　　听到有人叫我奴才，
　　　　　　要是我不揍他一顿，
　　　　　　那我才是真的奴才。

克洛顿　　　你是强盗、罪犯加混蛋。
　　　　　　投降吧，贼人！

吉德律斯　　向谁投降？向你？你是干什么的？

1　此处将悲哀和忍耐两种心态人格化。悲哀比作腐臭的接骨木，且是居心不良的老者；忍耐比
　　作欣欣向荣的藤蔓，也是生机勃勃的少年。前者最终无力回天，让位于后者。——译者附注

我的胳膊难道没你粗？胆量没你壮？
我承认我的口气没你大，因为我不只是
把刀子放在嘴上。[1] 说说你是干什么的？
为什么我该向你投降？

克洛顿 你这个卑贱的混蛋，
看见我这身衣服还认不出我？

吉德律斯 认不出，恶棍，我也不认识你的裁缝；
他是你的祖父，替你做这身衣服，
让你穿了像个人样。

克洛顿 你这个现眼的混账，
我的裁缝并没有做这身衣裳。

吉德律斯 那么，谢谢那位
把这身衣服送给你穿的人。你是个傻瓜，
我懒得揍你。

克洛顿 你这出口伤人的贼子，
听听我的名字，你就要发抖。

吉德律斯 你叫什么名字？

克洛顿 克洛顿，你这混蛋。

吉德律斯 克洛顿，你这双料的混蛋，管你叫什么，
我也不会发抖。要是你叫蛤蟆、毒蛇或蜘蛛，
我倒会怕得抖一抖。

克洛顿 为了让你格外害怕，
嘿，让你魂飞魄散，我告诉你，
我是王后的儿子。

吉德律斯 我很失望，你的样子看起来

---

1 意即：说到挥刀打斗，我可不是光说不练的。

　　　　　　不像你的出身那么尊贵。

克洛顿　　你不害怕?

吉德律斯　　我只害怕那些我所敬重的聪明人;
　　　　　　对于傻子,我只有嘲笑,绝不害怕。

克洛顿　　受死吧!
　　　　　　我要亲手宰了你,而后再去追杀
　　　　　　刚才从这里逃走的两个家伙,
　　　　　　把你们的首级悬挂在路德城门之上。
　　　　　　投降吧,粗野的山贼!　　　　　　　　　两人且斗且下

贝拉律斯与阿维古斯上

贝拉律斯　　外面没有人?

阿维古斯　　一个也没有,你准是认错他了。

贝拉律斯　　我也说不准。我好久没见过他,
　　　　　　可是岁月并没有模糊他脸部的轮廓;
　　　　　　他的声音吞吞吐吐,说话一惊一乍,
　　　　　　还是从前那样。我确信
　　　　　　此人定是克洛顿。

阿维古斯　　我们刚在这个地方离开他们。
　　　　　　我希望哥哥好好教训了他一顿,
　　　　　　你说他非常凶恶。

贝拉律斯　　我的意思是说,他还算不上
　　　　　　长大成人,对飞来横祸还看不清;
　　　　　　因为缺乏理智判断,
　　　　　　往往不免让人担心。

吉德律斯执克洛顿头颅上

　　　　　　可是瞧,你哥哥来了。

吉德律斯　　这克洛顿是个傻瓜,一个空荷包,

里面没有分文；纵然是赫剌克勒斯[1]

也敲不出他的脑子，因为他根本没有；

我现在提着他的脑袋，可要我不这么做，

就轮到这傻瓜提着我的脑袋啦。

贝拉律斯 你都干了什么？

吉德律斯 干了什么我清楚，砍了克洛顿的人头。

据他自己说，他是王后的儿子；

他骂我是叛徒、山贼，还发誓说

他要亲手将我们一网打尽，

要我们的脑袋搬家——谢天谢地还在！——

把它们悬挂在路德城门之上。

贝拉律斯 我们全完了。

吉德律斯 哎哟，父亲大人，除了他发誓要

夺去的我们的生命之外，我们有什么可失去的？

法律不保护我们，我们何必示弱，

让一个狂妄自大的软蛋恐吓我们，

审判与行刑的事情都由他一人包办，

因为我们害怕法律？你们在外面

看见什么人没有？

贝拉律斯 一个人也没见。

可是安全起见，我们得认为

他来时一定带着随从。

他的脾气尽管变化无常，唉，

做坏事变本加厉一桩接一桩，

---

1 赫剌克勒斯（Hercules）：希腊神话中力大无比的英雄，因完成天后赫拉（Hera）要求的十二
  项任务而获得永生。

可是除非他疯了，疯狂透顶，
他绝不会独自一人跑到这里。
也许宫中有人传说，有我们这样一些人
在这里穴居狩猎，都是些不法之徒，
也许将蔓延成势；他听到这消息——
他是这样一个人——就自告奋勇，
发誓要把我们捉拿归案；不过他未必敢
独自前来，就算他斗胆这么做，
他们也不会允许。所以，我们
有理由担心他拖着一条尾巴，
这比他扛着一只脑袋更危险。

阿维古斯　让一切依照神
　　　　　预言的安排进行吧；不过，
　　　　　我的哥哥干得好。

贝拉律斯　我今天无心打猎；
　　　　　菲代尔那孩子的病使我觉得
　　　　　脚下的路似乎格外漫长。

吉德律斯　他挥舞着剑，
　　　　　照着我的咽喉刺来，我夺过剑
　　　　　割下他的脑袋。我要把它丢到
　　　　　山后的溪水里，让它顺流漂到大海，
　　　　　去告诉鱼儿他是王后的儿子克洛顿。
　　　　　就这样，我可不在乎。

下

贝拉律斯　我担心他们会来报复；
　　　　　波利多，但愿你没有干这件事，
　　　　　虽然英勇是你的本色。

阿维古斯　但愿这是我干的，

　　　　　　他们报复只管冲我来！波利多，
　　　　　　我爱你是我哥哥，可又嫉妒你
　　　　　　剥夺了我这个机会；我宁愿复仇的人
　　　　　　追踪过来，逼我们使出全身解数，
　　　　　　与他们较量一番。

贝拉律斯　好啦，出了这样的事，
　　　　　　我们今天不再打猎，也不必去
　　　　　　招惹无益的危险。你先回山洞，
　　　　　　和菲代尔烹煮食物。我在这里，
　　　　　　等鲁莽的波利多回来，
　　　　　　立刻就带他回去吃饭。

阿维古斯　可怜的菲代尔生着病！
　　　　　　我想立刻去看他；为了恢复他的血色，
　　　　　　我愿意放尽一大群像克洛顿这种家伙的血[1]，
　　　　　　并且还自夸心肠慈悲。　　　　　　　　　　　入洞中下

贝拉律斯　啊，女神！
　　　　　　神圣的造物者，你是在这两位
　　　　　　王子身上描绘你自己！他们像
　　　　　　微风般温柔，在紫罗兰花下拂过，
　　　　　　不去摇动她那芬芳的花蕊；可是一旦
　　　　　　他们热血沸腾，又像狂风一般
　　　　　　无比粗暴，揪住山松的尖梢，
　　　　　　强迫它向山谷弯腰。真是奇怪，
　　　　　　一种无形的本能让他们无须学习

1　放血疗法在西方现代医学出现之前很普遍，但阿维古斯这里所说的放血则是以夸张的方式表达憎恨与复仇的心理。

就有威严，不经传授就懂得荣誉，
不模仿他人就有礼貌。他们的英勇
虽然长在山野，但照样硕果累累，
像是有人播种。还有，我想不透
克洛顿来这里对我们有什么兆头，
他这一死会给我们带来什么后果。

吉德律斯上

吉德律斯　我的弟弟在哪儿？
我已把克洛顿的脑壳丢到河里，
让他顺流而下，向他母亲传信；
他的身体在此作抵押，等他回来。（肃乐起）

贝拉律斯　我心爱的乐器！
听！波利多，它发出声音；可现在
是什么时候，卡德华要将它吹奏？听！

吉德律斯　他在家吗？

贝拉律斯　他刚回去。

吉德律斯　他什么意思？自从最亲爱的母亲死后，
这乐器一直没发出声响。有肃穆的音乐，
必然有肃穆的变故。出了什么事情？
无故的欢庆和为小事而痛哭，
那是猿猴的喜悦和小孩的悲哀[1]。
卡德华疯了吗？

阿维古斯怀抱僵死的伊诺贞上

贝拉律斯　看！他来了，

1　猿猴的喜悦和小孩的悲哀（jollity for apes and grief for boys）：猴子模仿人类，其喜悦徒有其
　　表；孩童的情绪不定，其悲哀也不能当真。

怀里抱着的正是我们责怪他
演奏哀乐的可怕缘由。

阿维古斯 小鸟儿没了，
带走我们无比的怜爱。我情愿
从十六岁一晃到六十岁，
从活蹦乱跳一变而成拄杖蹒跚，
也不愿目睹这样的凄惨。

吉德律斯 啊，最芬芳、最娇美的百合花！
你现在躺在我弟弟怀中，
还不及你活着时一半好看。

贝拉律斯 悲伤啊！
谁能探测你的深度？谁能勘查
水底的淤泥，为你缓行的小舟
指示最适合停泊的港口？[1] 你受上天眷顾，
天知道你能长成怎样的男子汉；
唉，你这绝世少年在悲伤中逝去。
你发现他时怎样？

阿维古斯 全身僵硬，就是你现在看见的这样；
依然面带微笑，仿佛熟睡中受到苍蝇骚扰，
而不是面对死神的投枪发出嘲笑；
他的右脸依偎在坐垫上面。

吉德律斯 在什么地方？

阿维古斯 就在地上，
他的双臂交叉；我还以为他睡着了，
就把带钉的鞋子脱了下来，

---

1 悲伤的体验被比作在淤泥阻塞的河面上缓慢航行的小船，不知道通往停泊港口的航道。

担心我粗重的脚步声太吵。

吉德律斯　哎呀，他不过睡着了。

即使他真的逝去，坟墓就当他的床铺，

仙女们将在他的墓中流连，

蛆虫也绝不会来把你侵犯。

阿维古斯　当夏天还在延绵，

我还在这里生活，菲代尔，

我要用美丽的花朵装点你凄凉的坟墓，

有像你的面容一样洁白的樱草花，

也有像你的血脉一样蔚蓝的风铃花。

说句不该的话，野蔷薇的叶子也不及

你气息的芬芳。知更鸟会善意地

把这些香花绿叶衔来给你。[1] 啊，这鸟儿

岂不羞煞那些坐享丰厚遗产、

但不知在祖先墓前立碑的后辈子孙！——

是的，当百花凋谢，我还会用

茸茸的苍苔覆盖你冰冷的遗体——

吉德律斯　请不要再说话，

不要再这样婆婆妈妈，

耽误正事。我们来埋葬他，

让我们不要再惊叹，抓紧去做

我们现在应尽的义务。到墓地去。

阿维古斯　说，我们把他埋在哪里?

吉德律斯　在我们的母亲尤莉菲尔一旁。

阿维古斯　就这么办。

1　民间传说知更鸟衔花朵树叶覆盖死者；见古歌谣《林中的幼童》（"Babes in the Wood"）。

波利多，虽然我们现在嗓音变粗，

让我们唱着歌送他入土，就像母亲当年

下葬时一样。我们用同样的曲调和歌词，

除了把尤莉菲尔换成菲代尔。

吉德律斯　卡德华，我不能唱；

让我一边哭泣，一边伴着你的歌声朗诵，

因为不成调子的哀歌比说谎的

祭司和庙宇还要可恶。

阿维古斯　那么，就让我们朗诵吧。

贝拉律斯　重大的悲伤看来可以医治轻微的不幸，

你们把克洛顿忘得一干二净。孩子们，

他是王后之子，虽然他来向我们挑衅，

要记住他已经付出代价；虽然人死后

不分贵贱同归尘土，但是敬畏之心，

这人间天使，仍要我们对高低的身份

作出区分。我们的敌人是个王子，

虽然你把他当作敌人要了他的命，

我们还是以王子之礼将他埋葬。

吉德律斯　请您把他的尸首搬过来。

忒耳西忒斯和埃阿斯[1]的身体

死后都是一样。

阿维古斯　要是您愿意去搬，我们就趁这时候

朗诵我们的挽歌。哥哥，开始吧。

　　　　　　　　　　　　　　　　　　　贝拉律斯下

1　在特洛伊战争中，忒耳西忒斯（Thersites）是希腊军团中最粗鄙怯懦的士兵，埃阿斯（Ajax）是其中最强壮勇敢的英雄之一；见荷马（Homer）的《伊利亚特》（*Iliad*）。

吉德律斯　不，卡德华，我们必须把他的头朝向东方[1]；
　　　　　父亲的安排自有道理。

阿维古斯　不错。

吉德律斯　那么来吧，我们抬起他。

阿维古斯　好，开始吧。

　　　　　（歌，朗诵或念唱，并非歌唱？）

吉德律斯　不再惧怕骄阳炙烤，

　　　　　也不再怕严冬凛冽；

　　　　　你已受尽世间辛劳，

　　　　　带上工钱回家停歇。

　　　　　富贵人家的少爷姑娘，

　　　　　与扫烟囱人同归泉壤。

阿维古斯　不再惧怕官家眉皱，

　　　　　你已摆脱暴君打击；

　　　　　无须再为衣食担忧，

　　　　　橡树于你形同芦苇。

　　　　　学者、医师连同帝王，

　　　　　无一幸免同归泉壤。

吉德律斯　不再惧怕闪电穿空，

阿维古斯　也不再怕雷霆惊魂；

吉德律斯　谗言责难了然无踪，

阿维古斯　你已尝尽欣喜苦闷。

二人　　　痴男怨女何故奔忙，

　　　　　命终无不同归泉壤。

吉德律斯　驱鬼人莫要惊扰你，

1　此处强调作为异教徒死后的埋葬方位，与基督教的做法相反。

阿维古斯　　巫术师莫要诅咒你；
吉德律斯　　孤魂野鬼勿麻烦你，
阿维古斯　　不祥之物勿靠近你。
二人　　　　尘劳终了，瞑目安详；

　　　　　　坟冢如斯，天地流芳！

贝拉律斯搬克洛顿的尸体上

吉德律斯　　葬礼毕。来，把他放下去吧。
贝拉律斯　　这里有几朵花，不过午夜有更多

　　　　　　花儿开放；沾有夜间寒露的花草

　　　　　　最宜撒在墓上。把花撒在他们脸上。[1]

　　　　　　你们本来和花儿一样，现在命终凋谢；

　　　　　　我们现在撒的小草最终也要枯萎。

　　　　　　来，走吧，离开前为他们祈祷：

　　　　　　土里生来土里葬；

　　　　　　悲欢苦乐皆过往。　　　　　　　　除伊诺贞外众人下

伊诺贞　　　（醒转）对啦，先生，到米尔福德港怎么走？

　　　　　　谢谢你，是林子那边吗？还有多远？

　　　　　　我的天！还有六哩呀！我走了一整夜，

　　　　　　真的，我要躺下来睡一觉。（看见克洛顿尸体）

　　　　　　且慢，我睡觉可不要有人陪！啊，男女众神们哪！

　　　　　　这些花好似人间的欢乐，

　　　　　　这个血淋淋的人就是人间的忧愁。

　　　　　　我希望自己是在做梦，因为梦中我觉得

　　　　　　自己在看守山洞，为一些老实人做饭。

---

1 "他们"指伊诺贞和克洛顿，但克洛顿已被砍头，也许莎翁疏忽了这一点。亦有解作"把花撒在他们身前"或"把他们翻过身来"，似均不切。——译者附注

但不是如此，那只是一支来自虚无还射向
虚无的箭，是脑子在热气中虚构的梦幻 [1]。
我们的眼睛有时像我们的判断一样盲目，
真的，我还害怕得发抖。上天如果还有
一丁点儿像鹪鹩眼睛一般大 [2] 的慈悲，
请分一些给我，威严的神哪！
现在还是梦，就算我已经醒来；心内是梦，
身外也是梦；不是凭空想象，而是实际感知。
一个无头的人！波塞摩斯的衣服！
我认识他腿的形状，这是他的手；
他的脚墨丘利一般敏捷，他的腿玛尔斯一般英武，
他的膂力如同赫剌克勒斯，他的长相好似朱庇特。[3]
天上出了谋杀案？怎么头没啦？皮萨尼奥，
愿疯狂的赫卡柏 [4] 向希腊人所发的一切诅咒，
再加上我的，一齐投射在你身上！
你，勾结无法无天的恶魔克洛顿，
在这里害了我丈夫的性命。从此以后，
阅读和书写都成为狡诈的罪行。
万恶的皮萨尼奥，用他假造的书信，
万恶的皮萨尼奥，在这艘全世界

---

1 据信体内的热气（fumes）上升到脑部，就会使人做梦。
2 鹪鹩（wren）被认为是最小的鸟，其眼睛则小之又小。
3 伊诺贞将所见或想象的波塞摩斯的身体特征追溯到天神或英雄身上：墨丘利（Mercury）是
  诸神的信使，活泼易变；玛尔斯（Mars）是战神，威武勇猛；赫剌克勒斯是大力士；朱庇特
  则是众神之王。
4 赫卡柏（Hecuba）：特洛伊国王普里阿摩斯（Priamus）的妻子，在特洛伊城沦陷、国王被杀
  后，伤心欲绝，疯狂地诅咒希腊人。

最雄伟的船上，击倒它的主桅杆的顶端！

啊，波塞摩斯！哎呀！你的头呢？哪里去了？

哪里去了？皮萨尼奥可以从心口将你刺死，

留下你的头。你岂能这样，皮萨尼奥？

必是他与克洛顿出于嫉妒和贪婪，

造成这样的惨剧。啊，很明显，很明显！

他给我的药，据他说滋养身体，

非常灵验，可我一吃下去不就

失去知觉吗？这证实我的推测；

这是皮萨尼奥和克洛顿两人干的歹事。

啊！用你的血给我苍白的脸增加一点血色，

万一有人发现我们，我们可以显得

格外可怕。（扑尸体上）啊！我的夫君！我的夫君！

卢修斯、众将领与一预言师上

将领　　驻扎在法兰西的军队已遵照你的命令

　　　　渡过海峡，到达此地米尔福德港，

　　　　与你的船队汇合，听候你的调遣。

　　　　他们已准备就绪。

卢修斯　但是罗马方面的援军到了没有？

将领　　元老院已经发动意大利全国的

　　　　平民与士绅，许多人踊跃应征，

　　　　有望建立赫赫功勋；他们的首领

　　　　是勇敢的亚基莫，

　　　　锡耶纳公爵的弟弟。

卢修斯　你预料他们何时到达？

将领　　只要顺风，随时可到。

卢修斯　行动如此迅速，

增加了我们获胜的希望。传令各将领

把我们目前的部队集合起来。现在，先生，

关于这场战争的结果你最近可有什么梦兆？

预言师　　我曾经斋戒祈祷天神显灵，

昨夜，天神们果然托梦给我：

我看见朱庇特之鸟，罗马的神鹰，

从潮湿的南方飞到西方这个地区，

消失在一片阳光之中；要是

我的罪恶没有使我的占卜失灵，

这便是罗马大军胜利的朕兆。

卢修斯　　梦常常就是朕兆，

从来不会失灵。——（看见克洛顿尸体）且慢，哇！

这里怎么会有一具无头尸体？

废墟说明这曾经是一座堂皇的建筑。[1]

怎么，一个侍童！伏在尸体上是死是活？

多半是死了，因为惧怕与死者同床或者

怕睡在死人身上，本是人之常情。

让我们看看这孩子的脸。

将领　　　他还活着，主帅。

卢修斯　　那么他会告诉我们这个尸体的来由。

年轻人，说说你的遭遇，因为情况

看来太蹊跷，不由得人不发问：

你头枕的这个血淋淋的人是谁？

造物者赐给他一副美好的形象，

是谁把他糟蹋成这样？你和这个

1　克洛顿无头的尸体被比作一座废墟，可以看出曾经的气派。

不幸的死者有何关系？这是怎么回事？他是谁？

你是干什么的？

伊诺贞　我无足轻重；

这世上没有我，那才好。这是我的主人，

一个非常勇敢而善良的不列颠人，

被山贼们杀死在这里。哎呀！

世上再也没有这样的主人；

纵使我从东方漂泊到西方呐喊自荐，

逐个尝试，主家好，我也知恩图报，

可这样的主人再也找不到。

卢修斯　哎呀，好孩子！你的哀诉令我感动，

你横卧血泊的主人也让我怜悯。

告诉我他的名字，好朋友。

伊诺贞　理查·杜尚 [1]。——（旁白）尽管我说谎，

但无害于人，天神有耳，我希望

他们会原谅。——您说什么，先生？

卢修斯　你的名字呢？

伊诺贞　菲代尔，先生。

卢修斯　你已经证明你的名字实至名归；

你的名字与你的忠心非常般配。

你是否愿意跟随我试试运气？我不敢说

我和你的旧主人一样好，但是我保证

我给你的宠爱不会少。罗马皇帝

派执政官送来的举荐信，也不会比

你自身的价值高多少。跟我走吧。

1　这是伊诺贞随口说的一个名字，并无特别意思。——译者附注

伊诺贞　　我跟您走，先生。但要是天神许可，

　　　　　　我愿以十指为锄头，挖得尽可能深，

　　　　　　将我的主人掩埋，免得苍蝇滋扰。

　　　　　　当我把树叶和野草撒在他的坟上，

　　　　　　念上一百遍我所能记得的祈祷，

　　　　　　再将之重复百遍，还要悲泣哀叹。

　　　　　　尽了主仆之情，我便可以追随您，

　　　　　　如果您愿意收留我。

卢修斯　　唉，好孩子，

　　　　　　我与其说是你主人，不如说是你父亲。

　　　　　　我的朋友们，

　　　　　　这孩子教导我们男子汉的责任；

　　　　　　让我们去找一块雏菊盛开的土地，

　　　　　　用尖戟长矛替他挖一座坟墓。

　　　　　　来，把他抱起。为了你，我们要

　　　　　　优待他，以军人的礼节将他掩埋。

　　　　　　不要难过，擦干你的眼泪；

　　　　　　跌跤有时反带来幸运高升。　　　　　　　　众人下

第三场　/　第十五景

不列颠王宫

辛白林、众贵族、皮萨尼奥及众侍从上

辛白林　　再去，给我问问她的状况怎样。　　　　　　　　一侍从下
　　　　　　因为儿子失踪，她急出一场病，
　　　　　　疯疯癫癫，恐怕难保性命。天哪，
　　　　　　你一时间要给我怎样沉重的打击！
　　　　　　伊诺贞失踪了，她是我大部分的安慰；
　　　　　　我的王后病危在床，偏偏又是
　　　　　　恶战临头之际；她的儿子走了，
　　　　　　而现在十分需要他。这一切打击
　　　　　　让我陷入绝望。可是你这个家伙，
　　　　　　不可能不知道她的出走，却装得
　　　　　　如此毫不知情。我要严刑拷打，
　　　　　　逼你说出实话。

皮萨尼奥　陛下，我的命属于您，
　　　　　　请您随意处分；可是说到公主，
　　　　　　我确实不知她在何处，为何失踪，
　　　　　　也不知她准备何时回来。恳请陛下，
　　　　　　就当我是您忠诚的仆人。

贵族甲　　陛下，
　　　　　　公主失踪的那天他就在这里；
　　　　　　我敢担保他忠心耿耿，作为臣仆
　　　　　　他会恪尽职守。至于克洛顿，

我们已经派人加紧搜寻，

您放心，肯定会找到。

辛白林 这真是危难的当口。——

（对皮萨尼奥）我暂时放过你，但是我的疑心

并未就此打消。

贵族甲 启禀陛下，

从法兰西开拔来的罗马军团

已经在我国海岸登陆，后面还有

元老院派来的罗马士绅组成的援军。

辛白林 我现在真希望儿子和王后给我出出主意！

这些事情简直要把我的头搅昏。

贵族甲 陛下，

您的军事准备足以对付这些

数目的敌人；再多来一些，也没问题；

只待一声令下，这些跃跃欲试的军队

就立刻采取行动。

辛白林 谢谢你！

我们退去吧，去谋划如何应付时局。

我不担心意大利会给我们带来什么麻烦，

而伤心这里发生的变故。去吧！　　　　除皮萨尼奥外众人下

皮萨尼奥 自从我写信告诉我的主人，伊诺贞

已经被杀，至今没有回音，真是奇怪。

我也没有接到我的女主人的消息，

她原本答应要经常写信给我。

我也不知道克洛顿有何遭遇。

一切茫然无着，只好听天由命。

我的欺瞒显示我的忠诚，撒谎才是尽忠。

这场战争将证明我热爱国家，国王也将
知晓我的赤诚，否则我宁愿战死沙场。
一切其他疑惑到时自然显出真相；
有些无舵的船只也有幸安全返港。　　　　　　　下

第四场　　　/　　　第十六景

威尔士，贝拉律斯所居山洞外
贝拉律斯、吉德律斯与阿维古斯上

吉德律斯　喧嚣声就在我们周围。

贝拉律斯　我们躲开吧。

阿维古斯　父亲，生活如果排除了行动和冒险，
　　　　　　我们还能找到什么乐趣？

吉德律斯　对呀，我们躲藏在此地
　　　　　　还有什么希望？这样的话，罗马人
　　　　　　要么把我们当作不列颠人杀掉，
　　　　　　要么把我们当作野蛮无耻的叛徒，
　　　　　　先加以利用，而后再杀掉。

贝拉律斯　儿子们，
　　　　　　我们去山上更高的地方，那里安全。
　　　　　　国王的军队我们可不能参加；
　　　　　　克洛顿刚死不久——我们都是生面孔，
　　　　　　又没有编入队伍——也许会被人查问

我们的住处。万一被逼招供出
我们的所作所为，结果不免要
严刑拷打，以至处死。

吉德律斯 父亲，这个时候
您还如此多虑，有失体面，
我们听了也心存不满。

阿维古斯 他们听见
罗马军队的战马嘶鸣，
看到对方阵营篝火通亮，
耳目充满当前紧急的战况，
不大可能浪费时间关注我们，
查问我们的来历。

贝拉律斯 啊！军队里认识我的人很多；
虽然时隔多年，但是你们想想，
当年克洛顿不过是个孩子，到现在
他并没有在我记忆中湮没。再说，
国王并不值得我的效忠和你们的爱戴，
由于我被他放逐，你们没有得到教育，
不得已到这里来过这种艰苦的生活，
唉，永远丧失你们生来应有的高贵，
夏天被太阳暴晒得全身黝黑，
冬天被冻得瑟瑟发抖，可怜兮兮。

吉德律斯 这样活着还不如死了好。
父亲，求您让我们去参军吧；
没有人认识我们兄弟俩。您本人
早已被遗忘，您的模样变化也很大，
没有人会盘问您。

阿维古斯　　对着这光明熠熠的太阳发誓，
　　　　　　我一定要去！我还从未亲眼见过
　　　　　　一个人死去，几乎不曾见过血，除了
　　　　　　胆小的野兔、淫荡的山羊和鹿的血，
　　　　　　这太可耻！我从未真正骑过马，
　　　　　　除了像我自己所跨过的羸马，
　　　　　　靴子上从未装过刺轮和铁跟！
　　　　　　望着神圣的太阳，我都觉得羞愧；
　　　　　　享受和煦的光辉，但是
　　　　　　碌碌无名，虚度光阴。

吉德律斯　　对天发誓，我也要去！
　　　　　　父亲，如果您祝福我，允许我走，
　　　　　　我将倍加小心；可是如果您不祝福我，
　　　　　　那么就让危险降临到我头上，
　　　　　　死在罗马人手里。

阿维古斯　　我也这么说，阿门！

贝拉律斯　　你们既然把生命
　　　　　　看得这样轻，我就没理由更顾惜
　　　　　　我这身老骨头。我跟你们去，孩子们！
　　　　　　如果你们为国家战死疆场，
　　　　　　那也就是我倒下永眠的床。
　　　　　　带路，带路。——（旁白）岁月久，尔等热血奔流，
　　　　　　试身手，看我天生贵胄。　　　　　　　　　　　　众人下

第 五 幕

第一场 / 第十七景

威尔士境内

波塞摩斯独自执一血帕上

波塞摩斯 这染血的布片[1]，我要将你保存，因为
是我要将你染成这种颜色。已婚的男子们哪，
如果你们每个人都采用这种手段，那么
多少人将杀害比他们自己更优秀的妻子，
只因她们一点小小的差错？啊，皮萨尼奥！
好仆人并不全然服从主人的命令，
他的义务只是执行公正的命令。
神哪！如果你们早一点惩罚我的错误，
我就绝不会活到今天，铸成大错。
这样，你们就救了高贵的伊诺贞，
由她去悔过，而我这坏东西才活该
受你们的打击。但是，唉！你们为了
一点小错，就把有些人抓走；是善意，
好叫他们不再堕落。你们又放任
有的人一错再错，一次比一次严重，
使犯错者恐惧，这倒有利于他们忏悔。

1　皮萨尼奥将一块染血的布片寄给波塞摩斯，假装作为杀死伊诺贞的物证。波塞摩斯信以
　　为真。

伊诺贞现在被你们收去；至于我，
悉听尊便，让我服从神意而得福吧。
我随同意大利士绅们来到此地，
与我夫人的国家作战。不列颠，
我已杀了你的公主，放心吧，我不会
再给你伤害。仁慈的上天，请听我言：
我要脱下这身意大利服装，
换上一个不列颠农夫的打扮，
这样我就可以转头与来军作战。
伊诺贞哪！这样我就可以为你而死，
没有你，我的每次呼吸都好似死了一回。
就这样，杳然无闻，无人怜也无人恨，
拼这一身面对所有危险，让世人知道
在这寒碜的衣服之内，我有极大的勇气。
神哪，把莱奥那图斯家的力量注入我体内！
为了羞辱世俗的偏见，我要开创
先例，让内在品质超越外在盛装。　　　　　　下

第二场 / 第十八景

卢修斯、亚基莫及罗马军队自一门上；不列颠军队自另一门上，波塞摩斯扮小
兵随上。两军行进过场。亚基莫与波塞摩斯两人重上，交战；波塞摩斯击败
亚基莫，缴其武装，离去

亚基莫　　罪恶感重压在我的心头，
　　　　　　夺走了我的勇气。我诬枉了一个女人，
　　　　　　此国的公主，这里的空气都在报复我，
　　　　　　让我软弱无力。否则，这个乡野伧夫，
　　　　　　一个天生的奴才，怎能打败我这个
　　　　　　久经战阵的军人？我虽拥有骑士身份
　　　　　　和荣誉，倒落得徒有虚名，令人耻笑。
　　　　　　不列颠哪，要是你的士绅胜过这土人，
　　　　　　就像他胜过我们的贵族，那我们
　　　　　　简直不算人，而你们就好比神。　　　　　　　　下

战斗继续，不列颠军队败走，辛白林遭俘；贝拉律斯、吉德律斯与阿维古斯上，
欲救辛白林

贝拉律斯　　站住！站住！我们占着有利地势。
　　　　　　这条路易于防守；除了我们的怯懦，
　　　　　　没有人能够打败我们。

吉德律斯与阿维古斯　　站住！站住！奋战！

波塞摩斯上，支援不列颠军队；众人救回辛白林后下。卢修斯、亚基莫与伊诺
贞上

卢修斯　　走吧，孩子，离开军队，保全你的性命。
　　　　　　战争是盲目的，如此混乱，

朋友之间也会相互残杀。

亚基莫　　这是他们新来的援军。

卢修斯　　今天战局的变化好生奇怪；我们若不能
　　　　　　快速得到增援，就只能逃跑。　　　　　　　　　　众人下

第三场　　/　　景同前

波塞摩斯与一不列颠贵族上

贵族　　　你是从他们坚持抵抗的地方来的吧?

波塞摩斯　是的。
　　　　　　你好像是从逃亡的人群中来的。

贵族　　　是的。

波塞摩斯　这也怪不得你，先生，
　　　　　　要不是上天帮忙，一切都完蛋；
　　　　　　国王本人失去两翼的护卫，全军溃乱，
　　　　　　只看见不列颠军人的背影，沿着一条
　　　　　　羊肠小道逃跑；敌人军心大振，
　　　　　　大砍大杀，累得舌头都吐出来 [1]，
　　　　　　只怕武器不够，杀不了许多。刀光之中，
　　　　　　有些人当场丧命，有些人受了轻伤，
　　　　　　有些人吓得瘫倒在地。那条小路

1　意指：挥刀屠杀的军人累得伸长舌头，像吐涎的狗一样。

就在战场附近，挖了壕沟，垒了土墙；

	塞满背后挨刀的死尸和苟延残喘、
	丢人现眼的懦夫。
贵族	那条小路在哪里？
波塞摩斯	就在战场附近，挖了壕沟，垒了土墙；

一个老兵占据有利地势，守在那里。
我保证，他是位忠勇之士，从他
花白的胡须可看出，他真是老当益壮，
为国立下这样的功劳。他和两个小伙子
横堵住路口——那两个小伙子看似只能
玩玩野孩子的捕人游戏 ¹，不真敢杀人见血，
他们的脸宜于戴上面罩 ²，或许比那些为
护肤或遮羞而戴面罩的妇人还俊秀一些——
他们守住路口，对那些逃跑者喊道：
"我们不列颠的鹿在逃跑时被杀，
我等男儿绝非如此；后退就是下地狱。
站住，否则我们会像罗马人一样痛打
你们这些抱头鼠窜之人；要想活命，
只有回转身去，奋起抗争。站住！站住！"
这三人豪气冲天，抵得过三千士兵——
因为在所有其他人形同虚设之时，
三人就算全军——他们高呼"站住！站住！"
靠着地形的优势，加上他们的豪气，
那种摄人心魄的劲头简直可以让
纺锤变成长枪，死灰脸焕发容光；

---

1 指乡野孩子们玩的一种游戏，两帮孩子各设牢营，努力到对方抓人，关入己方的牢中。
2 妇女们用面罩遮挡太阳，保护白皙皮肤，亦可用来遮羞。

有的自觉羞愧，有的重振精神，
那些由于随大流而变成懦夫的人——
唉！带头逃跑在战场上真是罪大恶极！——
开始加入他们三人的行列，像雄狮一般
对着猎手的枪尖怒吼。于是敌人开始
停止追逐，向后撤退；转眼间，望风而逃，
局势大乱；本来他们仿佛老鹰扑食，
转过来却好似小鸡逃命；刚才还是
横行的赢家，现在却变成鼠窜的奴才；
我方的懦夫们就像漫漫航程上的残余食粮，
现在变成救命之宝；看到对方的后心门
没有设防[1]，天哪，他们撒着欢砍杀！
只见伤的伤，亡的亡，前一波得手，
后一波又加上几刀；原先是一个追十个，
现在被追者反过来每人砍杀二十个；
那些本来宁死也不抵抗的人，现在
倒成了战场上嗜血的大虫。

贵族　　这真是意想不到的事情：
一条小路，一个老人，两个孩子。

波塞摩斯　不，不要诧异；你生来似乎
只会诧异，而不会在听说事情之后
做点什么。你不会以此做两句诗
聊博一笑吗？我倒有了：
两个孩子，一老顽童，一条小路；
不列颠的救星，罗马人的灾祸。

1　意指：罗马军人逃跑时无招架之力，任由不列颠人从背后挥刀穿心刺杀。

贵族	你别生气，先生。
波塞摩斯	哎呀，为什么要生气？

谁不敢面对敌人，我愿与他为友；
他这么做，只因天生就会望风而逃，
我知道他也会很快把我的友谊抛掉。
你倒逼我作起诗来。

贵族	再见，你在生气。	下
波塞摩斯	还想逃？这就是贵族！多高贵的卑怯！	

自己身在战场，却来问我"有什么消息？"
今天有多少人宁愿放弃荣誉，只为保全
他们的皮囊！多少人拔腿逃命，结果还
不免一死！而我，仿佛由我的悲哀护佑，
尽管听到死神的呻吟，却不见他的踪迹，
厮杀中没挨上他的一击。死神这丑恶的妖魔，
奇怪的是他藏身于醉人的酒杯、温柔的床被、
蜜语甜言，居然还拉上我们这些人在战场
拔刀死斗，为其效力。好，我定要找到他[1]，
既然他方才偏护不列颠人，
我就不再是不列颠人，要再次恢复
我来时的身份；我也不愿再上战阵，
哪怕一个胆小鬼碰碰我的肩膀，
我也向他投降。罗马军队在这里
杀人不少，不列颠的报复一定不轻。
至于我，只有死才能赎回我的自由，
无论哪一边都可以让我一死方休，

---

1 "他"指死神。

我再不愿在这里或到别处苟且偷生，

随便什么死法，只要是为了伊诺贞。

二不列颠将领及众兵士上

将领甲 赞美伟大的朱庇特，卢修斯已被擒。

大家都以为那老人和他的儿子必是天使下凡。

将领乙 还有一个人，穿着乡下人的服装，

也跟他们一起把敌人打退。

将领甲 据说是这样；可是这几个人

一个也找不到。站住，那是谁？

波塞摩斯 一个罗马人。

如果有人援助我，我也不会

一个人陷落在此。

将领乙 抓住他，一条狗！

绝不能让罗马的一兵一卒回去通报

什么样的乌鸦在这里啄食他们的军人；

他夸口显得他了不起。带他去见国王。

辛白林、贝拉律斯、吉德律斯、阿维古斯、皮萨尼奥及狱卒押罗马俘虏上。二
将领把波塞摩斯带到辛白林面前，辛白林命一狱卒收押

除波塞摩斯与二狱卒外众人下

狱卒甲 你已经上锁，现在你可不会被人偷走；

哪儿有草，你就到哪儿去吃吧。[1]

狱卒乙 嗯，那得看他有没有胃口。　　　　　　　二狱卒下

波塞摩斯 十分欢迎这种囚禁！因为我想

这是通往自由的路径；可是我比那

---

1 把波塞摩斯比作牛马。旧时放牧的牛马一只腿被绑上重物，以防走失或被盗。

患痛风病的人还好一些，因为他
宁愿长久呻吟，也不愿让死神
这个手到病除的良医去除病根，
打开枷锁。我的良心哪，你的负担
比我手腕和腿上的铁锁更沉；
仁慈的神哪，请赐我忏悔的利剑，
劈开牢门，永获自由。我衷心悔过，
这是否已经足够？孩子们若是这样，
就可让人间的父母息怒；天神们当然有
更大的仁慈。我必须忏悔，我要戴上镣铐，
没有比这更好的方式。不必细算，
把我的一切统统拿走，如果赎罪是
我获得自由的主要条件。我知道你们
比卑鄙的人类宽大得多。他们从
破产的负债人手里拿去三分之一、
六分之一或十分之一的财产，留下一点
让他们东山再起；那却不是我的愿望。
为了伊诺贞的宝贵生命，请取走我的命；
我的命不宝贵，但也是命一条，由你们
亲自铸造。不必称每一枚钱币的分量，
纵然有轻有重，也请按其面值收下。
我是你们的，你们应该也把我收下。
伟大的神明哪！如果你们愿意作此清算，
请拿去这条命，一笔勾销这无情的债务。[1]
伊诺贞哪，我要在沉默中向你诉说衷情。（入睡）

---

1 这一段将人生比作债务，勾销债务即夺去生命。

肃乐起。西塞律斯·莱奥那图斯，即波塞摩斯之父，以鬼魂之形出现，为一老者，军人装束；手携一老妇，即其妻，亦即波塞摩斯之母；有音乐前导。音乐再起，莱奥那图斯二子，即波塞摩斯二兄长随上，各因战死而身负伤痕。波塞摩斯卧睡之时，众鬼魂环绕其周

西塞律斯　你掌握雷霆的神哪，

　　　　　不要拿营营众生出气；

　　　　　和玛尔斯闹翻，和朱诺斗嘴，

　　　　　她骂你烂淫理亏，

　　　　　要找你寻衅滋事。

　　　　　我那没见过面的孩子，

　　　　　可怜他有何对你不起？

　　　　　我死时他尚在母腹，

　　　　　等待着瓜熟蒂落；

　　　　　你是孤儿们的慈父，

　　　　　按理应抚恤孤苦；

　　　　　茫茫人世惨淡辛酸，

　　　　　你应当尽力庇护。

母亲　　　路西娜[1]没有保佑我，

　　　　　分娩之痛夺我性命；

　　　　　波塞摩斯剖腹而出，

　　　　　呱呱坠地举目无亲，

　　　　　好可怜的东西！

西塞律斯　造化铸成他的形体，

　　　　　像先祖一般英俊，

1　路西娜（Lucina）：罗马神话中司分娩生育的女神。

他值得世人的赞美，
不愧为吾家子孙。

兄长甲　当他长成一表人才，
不列颠举国上下，
谁能与他相提并论；
他多才多艺多情种，
除了他，有谁能让
伊诺贞献上芳心？

母亲　他为什么才结良缘，
就遭到嘲弄和放逐，
远离了故土家园，
告别了他的心上人，
娇美的伊诺贞？

西塞律斯　为何允许亚基莫，
那意大利的败类，
用无稽的嫉妒猜疑，
玷污他的高贵心扉，
使他遭到讥笑算计，
倒让恶人称心如意？

兄长乙　为此我们走出永眠之乡，
我们父母和我兄弟俩，
为了捍卫我们的祖国，
曾英勇倒下战死沙场，
为了维护先王的威名，
不惜以生命换取忠心。

兄长甲　波塞摩斯为了国王
竭尽全力，骁勇异常；

朱庇特，你主宰天庭，
为何吝啬你的恩宠，
不给他应得的褒赏，
让一片赤诚化作哀伤？

西塞律斯　打开你的水晶窗，
请俯瞰这尘寰；
莫再用毒辣手段，
摧残英雄好汉。

母亲　既然我儿如此优秀，
请朱庇特拔除他痛苦。

西塞律斯　请从琼楼玉宇下望，
为受苦人伸出援手，
否则我们可怜鬼要伸张，
向众神控诉你悖谬。

二兄长　朱庇特，伸出公正之手，
莫让我们哭诉怨尤。

朱庇特在雷电之中骑鹰而下，击出一阵雷霆，众鬼魂跪拜

朱庇特　你们这些低贱的下界幽灵，
怎敢大胆鼓噪惹我心烦！
你们可知道我雷霆万钧，
从天而降粉碎一切反叛？
去吧，乐园里的可怜阴影，
在那不谢的花丛里安息；
凡人的事无须你们操心，
一切自有我等神明办理。
我眷顾之人要历经磨难，
挫折之后方知天恩温馨；

　　　　　　　你们的多难儿苦头尝遍，
　　　　　　　必将时来运转幸运盈门。
　　　　　　　他降生时我以吉星照临，
　　　　　　　他的婚礼在我神殿举办，
　　　　　　　他将成为伊诺贞的夫君，
　　　　　　　苦尽甘来幸福更显长远。
　　　　　　　把这纸牒放在他的胸口，
　　　　　　　他的全部运数尽在其中。
　　　　　　　去吧，别再这样喧扰不休，
　　　　　　　免得激起我的怒火熊熊。
　　　　　　　鹰儿，驾我飞返玉楼琼宫。（飞升）

西塞律斯　　他挟着雷霆而来，他的神圣呼吸
　　　　　　　充满硫黄的气味[1]；那神鹰猛扑过来，
　　　　　　　似乎要将我们攫起。他升天时祥云氤氲，
　　　　　　　比我们的芳甸还要温馨。他的神鸟
　　　　　　　梳理那永生的羽毛，剔拭它的利喙；
　　　　　　　主人高兴时，它总是如此。

众人　　　多谢，朱庇特！

西塞律斯　　玉砌的天门已经关闭，他已进入光明殿宇。
　　　　　　　走吧，为了不辜负这番天恩，
　　　　　　　我们执行他的旨意要加小心。　　　　　　　　众鬼魂消逝

波塞摩斯　　（醒转）睡眠哪，你做了一次祖父，
　　　　　　　为我生下一个父亲；你又造出
　　　　　　　一个母亲和两个哥哥。唉，无情的讥讽！
　　　　　　　他们全去了，就像来时一样飘忽；

1　演出中很可能使用焰火模拟电闪雷鸣的效果，故而有硫黄味。

我也就这样醒来。那些可怜虫

倚靠贵人青睐，也像我一样做梦，

一觉醒来，万般皆空。可是话说回来，

有些人没梦想恩宠，也没有事功，

可是照样享尽富贵；我也是这样，

不知为什么做了这样的黄粱美梦。

何方神圣到过这里？一枚纸牒？啊，

多么稀奇！可别像我们这花花世界，

内容空虚，徒有一件漂亮衣装。

愿你表里如一，带来美好信息，

不像我们的朝中大臣只有空架子。

（念）"一头幼狮将于懵然无知、无意寻求之际，发现自己被
一个天生尤物的温柔气息所包围；从一棵庄严的柏树砍下的
枝条已经枯死多年，一旦复活，将重接旧株，再度发荣滋长；
当此之时，波塞摩斯将结束苦难，不列颠将国运隆昌，永享
太平富庶之福。"

这仍然是梦呓，或是疯子不假思索、

随口说出的狂言；梦幻与疯癫

统统都是空，无非是胡言乱语，

喷出来也不知所云。不管是什么，

和我的人生运程倒很相似，我要

将它保存，即使只为内心感应。

狱卒上

狱卒　　来吧，先生，你准备好受死了吗？

波塞摩斯　急得我好似锅中火烤，早就准备好。

狱卒	不只火烤，还要上吊 [1]，先生；准备好就要烹调。
波塞摩斯	是吧，如果我能成为一道好菜，这账单倒也值了。
狱卒	这笔账可是不轻，先生；可是这样也有好处，从此以后，你不必再付钱，也不必再怕酒店的账单；人们在寻欢作乐之后，往往免不了离别的悲哀。你进来时饿得有气无力，离开时喝得摇摇晃晃；你后悔钱花得太多，又埋怨得到的惩罚太重；钱包和脑袋全都空空，脑袋过于轻松反显得沉重，钱包被支取得过重反显轻松。这种轻重颠倒的矛盾从此你可以免去。啊，这一文钱一根的绳子真是太好！它一瞬间就能将千般债务勾销；它才是你真正的借贷账簿；过去的、现在的、将来的，所有的债务它都会清偿。先生，你的脖子就是笔、账簿和算码；现在我们可以清账。
波塞摩斯	我赴死比你求活还更快乐。
狱卒甲	不错，先生，睡着的人感觉不到牙痛；但是如果有人要睡你这种觉，让刽子手帮他上床，我想他还是愿意与刽子手交换位置；因为你瞧，先生，你不知道自己将去往何方。
波塞摩斯	我知道，的确知道，朋友。
狱卒甲	这么说，骷髅头上长眼睛啦，我还没见过这样的画面 [2]；你必须由一些自命认路的人为你指引；或者你承担起自命认路的任务，可是我断定你并不知道后面要走的路；再不然你只好冒冒险，接受死后的审判；至于你走到终点如何应付，我想你再也回不来给他人讲。
波塞摩斯	我告诉你，朋友，我要走的这一路，不缺乏引路的眼睛，除非有意闭上不使用它们。

1　原文 hanging 一语双关，即"绞刑"和"把肉吊起来熏烤"这两种意思交错在一起。
2　骷髅头的眼窝总是空空的，没有眼睛。

狱卒甲	真是天大的笑话，一个人长眼睛的最大用处竟然是辨认这条黑道！我断定，上吊就是让人闭眼的道。

一信差上

信差	打开他的镣铐，带犯人去见国王。
波塞摩斯	你带来好消息，叫我去是让我恢复自由。
狱卒甲	那么，我反过来就要上吊啦。
波塞摩斯	那你倒比当狱卒更自由；死人又不需要镣铐。

波塞摩斯与信差下

狱卒甲	除非有人愿意与绞架成婚，生下一些小绞架，我从未见过如此视死如归的人；不过，凭良心说，有些人真是贪生怕死，就算是罗马人也如此；其中有些人虽不愿意，但是不得不死；换了我，也不想死。我希望大家都是一条心，一条好心；啊！那就用不着狱卒和绞架啦！我的话违背我自己目前的利益，但是我这般希望总会有好处[1]。

下

第四场 / 景同前

辛白林、贝拉律斯、吉德律斯、阿维古斯、皮萨尼奥及众贵族上

辛白林	站在我身边，你们是天神 派来保卫我王位的；可是我心哀伤，

---

1 所谓好处有两种可能性：一是这世界如果没有监狱和死刑，会提供更好的工作；二是向善之人死后会得到善报。

因为我找不到那个奋勇作战的小兵，
他的褴褛衣衫，让锃亮的铠甲相形见绌，
他挺起赤裸的胸膛走在阵前，直对
敌人的坚盾。谁要是能找到他，
我必有重赏。

贝拉律斯 我从来没有见过
如此贫贱的人能有如此勇猛的气概；
如此壮举想不到竟然是一个
乞丐似的可怜家伙所为。

辛白林 没有他的消息吗？

皮萨尼奥 死人活人中间全都找遍，
可是一点没有他的踪迹。

辛白林 我很难过，不能犒赏他的功劳；——
（对贝拉律斯及其二子）我只好把这些奖赏一起赐给你们，
你们就是不列颠的心肝和头脑，
她的生存有赖诸位。现在我要问
你们从何而来，说说吧。

贝拉律斯 陛下，
我们生于坎布里亚，出身于世家；
再多说夸耀之词便失之于虚伪和狂妄，
除非我再加一句，我们都是忠诚之人。

辛白林 跪下受封。（三人跪地）
我的战场骑士们[1]，起来；我封你们为
近身护卫，还要给你们颁发适合于
你们身份的各种荣誉。（三人起身）

1　战场骑士（knights o'th'battle）：历经战事磨炼的骑士，属一种特殊的封号。

考尼律斯及众宫女上

你们的神情像是有事。你们为何如此忧愁地
迎接我们的胜利？你们倒像罗马人，
而非不列颠宫廷之人。

考尼律斯　敬礼，伟大的国王！
恐怕扫了您的兴致，我必须报告
王后去世了。

辛白林　这样的报告最不该出自医生之口，
不是吗？可是我想医药虽然可以
延长生命，但是医生本人最终也
不免一死。她是怎样去的？

考尼律斯　她发狂而去，情形很是恐怖，
就像她的一生；她一生对世人残酷，
临死时对自己也十分酷烈。她的临终坦白，
如果您愿意，我来报告给您听；要是我说错，
她的这些侍女可以指证。王后临终时，
她们都泪流满面站在一旁。

辛白林　请说吧。

考尼律斯　首先，她坦白她从没有爱过您，
她爱的是您带给她的尊荣，而不是您本人；
她嫁给您国王的身份，给您的王位做妻子，
却厌恶您这个人。

辛白林　这样的话一直在她心里；
如果不是她临终吐露，我不会相信
出自她口。继续讲。

考尼律斯　对于您的女儿，王后表面上
装作真心疼爱，她最后坦白

视她如毒蝎；要不是您的女儿
逃走，她就会用毒药
结果了她的性命。

辛白林 啊，最美貌的魔鬼！
谁能读懂女人的心？还有什么？

考尼律斯 还有，陛下，而且更加糟糕。她供认
给您预备了一种致命的毒药，一旦服下，
就会一刻不停地侵蚀您的生命，慢慢地
一点点把您耗干。在此期间，她打算
日夜陪伴服侍您，又是亲吻，又是流泪，
用她的虚情假意将您征服；等时机成熟，
她用诡计哄得您百依百顺之时，便设法
让她的儿子承袭王位。不料她儿子
离奇失踪，她的意图没能实现。
于是她就撒泼发疯，不顾天怒人怨，
公开吐露她的隐情，懊悔她的奸计
尽管处心积虑，终究未能达成；
因此在绝望之中死去。

辛白林 她的侍女们，这些话你们全都听到了吗？

宫女 回禀陛下，我们都听到了。

辛白林 我的眼睛
并没有看错，因为她确实美貌动人；
我的耳朵没听错，听的都是甜言蜜语；
我的心也没想错，我原以为她表里如一，
连怀疑她都算罪过。但是，啊，我的女儿！
你也许会说这是我的愚痴，并以你的感情
证明这一点。愿上天弥补这一切！

卢修斯、亚基莫、预言师及其他罗马俘虏上，波塞摩斯·莱奥那图斯与伊诺贞随上

卡尤斯，你不是来催要进贡的吧，

那已经被不列颠人一笔勾销，虽然因此

损失了很多勇士；死者的亲属们

提出请求，为了安慰英灵，必须要杀掉

你们这些俘虏。我已经答应他们，

所以想想你们的处境吧。

卢修斯　陛下，胜败本来是兵家常事。

你们获胜只是偶然；要是我方取胜，

当热血冷静下来之后，我们绝不会

拿刀剑威胁俘虏。不过既然天神

如此安排，我们除了生命之外，

别无其他赎身之资，要杀就杀吧；

罗马人自能用罗马之心承受一切；

奥古斯都尚健在，会考虑对策 [1]；

我个人的担忧已言尽于此。只有一事

我要请求您：我的侍童，本是不列颠生人，

请准他赎身。做主人的从不曾得到

这样一个亲切和善、勤快尽责的童儿，

如此时时处处善解人意、忠实可靠，

如此举止灵巧、体贴入微。他的优点

加上我的请求，恳请陛下不要拒绝。

他没有伤害过任何一个不列颠人，虽然

他曾伺候过罗马人。请饶了他，陛下，

1　暗指奥古斯都会为他们报仇。

	就算您对其他人概不留情。
辛白林	我以前一定见过他； 我看他很面熟。孩子，你的长相 很讨我喜欢，你现在是我的人。 我不知道为什么我要说："活着吧，孩子。" 不用感谢你的主人，活着吧。 无论你向辛白林要求什么，只要 不违我的宽宏，符合你的身份，我都应允； 是的，即使你向我要一位最尊贵的俘虏， 我也绝无吝色。
伊诺贞	敬谢陛下。
卢修斯	我不要你为我求饶，好孩子； 不过我知道你会这么做的。
伊诺贞	不，不，哎呀！ 我还有别的事情要做。我看见一样东西， 对于我就像死亡一样痛苦；您的生命， 好主人，只好听其自然。
卢修斯	这孩子轻视我，背弃我，还把我嘲笑； 谁要轻信青年男女的忠诚， 他的快乐转瞬就消失无形。 （伊诺贞审视亚基莫）他为什么这样呆呆站着？
辛白林	你想要什么，孩子？ 我越发喜欢你；仔细想想你最想要什么。 你看着那个人，你认识他吗？说呀， 你要他活命吗？他是你的亲戚？你的朋友？
伊诺贞	他是一个罗马人，不是我的亲戚， 就像我不是陛下的亲戚一样；可是我生来就是

	您的臣民，所以我还是和您的关系更亲密些。
辛白林	那你为什么这样瞧着他？
伊诺贞	我要私下告诉您，陛下，
	如果您愿意听。
辛白林	嗯，我十分愿意，
	我会细心听你说。你叫什么名字？
伊诺贞	菲代尔，陛下。
辛白林	你是我的好孩子，童儿；我要做你的主人。
	跟我来，大胆说吧。（与伊诺贞一旁交谈）
贝拉律斯	这孩子莫非死而复活？
阿维古斯	两粒沙子都不会这么相像。
	他正是那位可爱的美少年，
	死去的菲代尔。你看是不是？
吉德律斯	正是他，死而复活了。
贝拉律斯	安静，安静！再看看。他没有看我们；
	不要莽撞。也许有的人长得很像；如果真是他，
	我想他一定会和我们说话。
吉德律斯	可是我们明明看见他死了。
贝拉律斯	不要说话；让我们瞧下去。
皮萨尼奥	（旁白）那是我的女主人。
	既然她还在人世，不管事情变好还是变坏，
	都没有关系。（辛白林与伊诺贞上前）
辛白林	来，你站在我身边，
	大声说出你的请求。——（对亚基莫）先生，走上前来，
	回答这个孩子的问话，照直说；
	否则，凭我的威严和荣誉，
	我要严刑拷打，逼迫你

　　　　　　去伪存真，说出实情。来，对他说。

伊诺贞　　我的请求是，让这位先生说明

　　　　　　（指着戒指）他从谁那里得此戒指。

波塞摩斯　（旁白）那跟他有什么关系？

辛白林　　（对亚基莫）你戴在手指上的戒指，

　　　　　　说，你是如何得来？

亚基莫　　您刚才说要用酷刑逼我实说，

　　　　　　可我要是说出来会让您难受。

辛白林　　怎么？我？

亚基莫　　这话憋在我心里实在难受，

　　　　　　我很高兴您逼我一吐为快。我用诡计

　　　　　　骗得这个戒指；它本来是被您放逐的

　　　　　　莱奥那图斯的宝贝；也许您会比我更懊悔，

　　　　　　因为天地之间不曾有过一位比他更高贵的绅士。

　　　　　　您还要听下去吗，陛下？

辛白林　　与此有关的一切，我都要听。

亚基莫　　那位绝世佳人，您的女儿，

　　　　　　为了她我的心在滴血，想到她，我虚伪的灵魂

　　　　　　就战栗不已。原谅我，我怕晕倒。

辛白林　　我的女儿？她怎么啦？提起你的精神，

　　　　　　我宁愿你活到寿终，也不想你未把

　　　　　　话说完就毙命。振作起来，汉子，说。

亚基莫　　那一天——倒霉的钟敲出了

　　　　　　那个时辰！——在罗马——所在的房子

　　　　　　活该受诅咒！——宴会席上——啊！要是

　　　　　　当时我们的食物，或者至少我送到嘴的东西

　　　　　　都下了毒，那才好呢！——好人波塞摩斯——

我该怎么说呢？他太好，不该与
坏人为伍；在最稀有的好人之中，
他也是佼佼者——他郁郁寡欢坐在那里，
听我们赞美我们意大利的恋人：
她们天生丽质，最善言辞者的
夸大描写都难以形容；她们的风采
让维纳斯和亭亭玉立的密涅瓦 [1] 也相形见绌，
尽管女神们的仪态超越尘世；
她们的性情包揽女人让男人倾倒的
一切优点；此外，还有那
勾魂摄魄的手段、顾盼流转的眼神——

辛白林　　我等得心焦，
　　　　　不要尽说废话。

亚基莫　　除非您想早一点伤心，
　　　　　您会嫌我讲得太快。那位波塞摩斯，
　　　　　就像一位高贵的情郎，正热恋着
　　　　　一位尊贵的爱人，他接过话头；
　　　　　他并不贬损我们所赞美的女人——
　　　　　在这一点上，他很有礼貌不置一词——
　　　　　他开始描绘他爱人的容貌，经他一说，
　　　　　那绝世外貌再加上贤淑心灵，让我们
　　　　　夸耀的女人都成了邋遢厨娘；他能说会道，
　　　　　使我们变成了钝口拙舌的笨蛋。

辛白林　　算啦，算啦，快谈正题。

亚基莫　　您女儿的贞操是争端的起点。

1　密涅瓦（Minerva）：罗马神话中司战争和才艺的女神。

他提起您的女儿，好像狄安娜女神
都做过热情的梦，只有她冷若冰霜；
该死的我听他这样说，就对他的赞美
表示怀疑；那时他把这戒指戴在
高贵的手指上，我就拿金钱和
他的戒指作赌注，说要是我能
勾引她与我通奸，便可赢得这个戒指。
他，忠心的骑士，完全相信她的贞洁，
正如我后来所发现的那样，同意拿这戒指
作赌注，即使这是太阳神的车轮上的
一块红宝石，即使它的价值抵得上
整座战车。抱着这样的目的，
我立刻就向不列颠出发。您也许
还记得，陛下，我在宫中受到
您贞洁的女儿的一顿教训，这让我
明白情爱和淫乱之间大有分别。我的希望
虽然熄灭，但是我的欲念却无法遏制，
我开始转动我意大利人的脑筋，在您
迟钝的不列颠国土[1]上发动阴谋；
简单说，我不虚此行，我的计划
大获成功；我带回许多捏造的证据，
足以让高贵的莱奥那图斯发疯，
我以这样那样的信物破坏
他对她的清誉的信心；我详细描述她

---

1 迟钝的不列颠国土（duller Britain）：这涉及一种地缘人种学的观念，认为生长于炎热南方的
  人头脑敏锐，而生于寒冷北方的人头脑迟钝。

卧室里的挂毯、图画；（展示手镯）她的这只手镯，
啊，好巧妙，我得手了！
不仅如此，我还说出了她身上的
一些秘密特征，让他不能不相信
她的贞操已被破坏，我已经搞定。
于是——我现在仿佛又看见他——

波塞摩斯　（上前）不错，你又看见我了，
意大利的恶魔！唉！我这最轻信的傻瓜，
罪大恶极的凶手、窃贼，过去、现在
和未来的一切恶人应得的罪名都属于我！
啊！哪位公正的法官，请给我绳子、
刀子或者毒药！国王啊，请您传来
老练的刽子手吧；我让世界上
一切恐怖的事情变得平淡无奇，因为
我的行为更为恐怖。我就是波塞摩斯，
是我杀了您的女儿——我这个恶棍，
又在说谎——是我唆使一个爪牙，
一个冒犯神灵的窃贼去下的手。
她是美德的圣殿，是的，她就是美德的化身。
唾弃我，用石头砸我，用烂泥丢我，
让街上的猛犬来袭击我；让每一个恶棍
都叫波塞摩斯·莱奥那图斯；
愿以后再没有这样的恶行！啊，伊诺贞！
我的女王，我的生命，我的妻子！
啊，伊诺贞！伊诺贞！伊诺贞！

伊诺贞　（她奔向他？）别激动！我的夫君，听啊，听啊！
波塞摩斯　难道我们是在演戏？你这可恶的童儿，

这就是你所演的角色。（他打她，她倒地）

皮萨尼奥　啊，诸位，救命啊！这是我的女主人，
也是你的妻子！啊，我的主人波塞摩斯，
你并没有杀死伊诺贞，你现在才是要她的命。
救命！救命！我尊贵的公主！

辛白林　难道世界在旋转？

波塞摩斯　我怎么感到头晕目眩？

皮萨尼奥　醒醒，我的女主人！

辛白林　如果真有这等事，天神们的意思
必是让我快乐至死。

皮萨尼奥　怎样啦，我的女主人？

伊诺贞　啊！别让我看见你！
你把毒药给我，阴险的东西，滚开！
不要混迹在王公贵族之间。

辛白林　是伊诺贞的声音。

皮萨尼奥　公主，如果我不是把匣子里的东西
当灵药送给你，就让天神用雷电
劈死我；那是王后给我的。

辛白林　又有新的情节。

伊诺贞　那药使我中毒。

考尼律斯　神哪！
我忘了王后坦白的一件事，
那倒可以证明你的诚实。她说：
"我把那副药剂当提神灵药给了皮萨尼奥；
要是他已经转交给他的女主人，
她已经像耗子似的被我毒死。"

辛白林　这是怎么回事，考尼律斯？

考尼律斯　　陛下，王后时常要求我为她

配制毒药；总是声称是为了

知识上的满足，用来毒杀

一些下贱的畜生，如猫狗之类

无关重要的东西。我怕她怀有

更危险的动机，为她特别配制

一副药剂；人服下之后，

会中止生命活力，但是短时间内，

全身器官就会恢复正常功能。

您是否服下了这种药剂？

伊诺贞　　　我大概是服了，因为我死过去了。

贝拉律斯　　孩子们，

原来我们弄错了。

吉德律斯　　这果真是菲代尔。

伊诺贞　　　你为什么抛下你的结发妻子？

假想你现在站在悬崖之上，

再把我抛下吧。（拥抱他）

波塞摩斯　　像果实一样挂在这里，我的灵魂，

直到这棵树死去。

辛白林　　　怎么？是我的骨肉，我的孩子吗？

难道你要我在这场戏中演个白痴？

你不愿和我说话吗？

伊诺贞　　　（跪地）请您祝福我，父亲。

贝拉律斯　　（对吉德律斯与阿维古斯）虽然你们爱过这个少年，

不能怪你们。你们的爱自有缘由。

辛白林　　　我流下的泪成为

沐浴你的圣水！伊诺贞，

你的母亲死了。

伊诺贞　我很难过，父亲。

辛白林　啊，她为人太坏；都是因为她，

我们今天才在此离奇相会；可是她的儿子

不见了，怎么走的，去了何处，我们一概不知。

皮萨尼奥　陛下，

现在我已经不再恐惧，可以说实话。

公主失踪之后，克洛顿殿下就来找我，

他拔剑相向，口吐白沫，发誓说

要是我不把她的去向说出来，

当场就把我杀死。碰巧那时

我口袋里有一封我主人写的

骗公主的信，我就以此指点他到米尔福德港

附近的山中去找她；他逼迫我

拿来我主人的衣服，穿上后，

怒气冲冲地怀着淫邪的念头

就匆匆赶往那里，发誓要玷污

我女主人的贞操。他后来如何，

我就不知道啦。

吉德律斯　我来把这个故事讲完：

在那里我把他杀了。

辛白林　哎哟！天神不准！

你为国立功，我不希望从我口中

对你下严厉的判决。勇敢的年轻人，

请否认你所说的话。

吉德律斯　我说也说了，做也做了。

辛白林　他是一位王子。

吉德律斯	一个极其粗野的王子。他对我的 侮辱完全有失王子的身份；他用那样 下流的语言挑衅我，即使大海对我 那样咆哮，我也要把它踢回去。 我砍下他的头；我很高兴今天不是他 站在这里，讲述他砍我头的经历。
辛白林	我为你抱憾； 按照你亲口供述，你已经犯罪， 必须接受国法制裁：你非死不可。
伊诺贞	我还以为那个没头的人 是我的丈夫哩。
辛白林	把这个犯人绑起来， 带他下去。
贝拉律斯	且慢，国王陛下。 这个人比他所杀的人更高贵， 他和您有同样高贵的血统， 比一群克洛顿为您作战负伤更 值得您的嘉奖。——（对侍卫）放开他的胳膊， 那胳膊生来不是受捆绑的。
辛白林	为什么，老兵， 你要触犯我的恼怒，把你那尚未 获得酬金的功劳勾销呢？他怎么 和我的出身一样高贵？
阿维古斯	他这么说太过分。
辛白林	你要因此被处死。
贝拉律斯	我们三个愿意一同受死； 不过我要证明我们中间有两位确实像

我刚才所说出身高贵。我的孩子们，
我有一番话必须要说，虽然对我本人
有危险，但对你们也许有好处。

阿维古斯 您的危险就是我们的危险。

吉德律斯 我们的好处就是您的好处。

贝拉律斯 那么，请您恩准，我就说啦。
伟大的国王，您曾经有一位名叫
贝拉律斯的臣子。

辛白林 提他干什么？
他是一个被放逐的叛徒。

贝拉律斯 现在站在你面前的这个老人
就是他；诚然，我是一个被放逐的人，
但不知道为什么我是叛徒。

辛白林 把他带走，
整个世界也救不了他。

贝拉律斯 不要太性急；首先
把您儿子们的养育费偿还给我，
就算等我拿到之后，
您立刻没收也不迟。

辛白林 我的儿子们的养育费？

贝拉律斯 （跪地）恕我莽撞无礼，我现在跪下；
在我站起之前，我要拔高两个儿子的地位，
然后我这把老骨头要杀要剐听您发落。
尊严的陛下，这两位年轻人称呼我
为父亲，自以为是我的儿子，
其实根本不是；陛下，
他们是您的亲生骨肉。

辛白林　　怎么？我的骨肉？
贝拉律斯　正像您是您父王的儿子一般确凿无疑。
　　　　　我，老摩根，就是从前被您放逐的
　　　　　贝拉律斯；我的全部罪过，我遭受的惩罚，
　　　　　我的一切叛逆行为，都源于您一时的喜怒；
　　　　　我吃苦受罪就是我干的全部坏事。
　　　　　这两位温良的王子——他们名不虚传——
　　　　　在这二十年由我教养成人；我把本领
　　　　　尽可能传授给他们。至于我的修养，
　　　　　陛下，您是知道的。他们的乳母
　　　　　尤莉菲尔在我被放逐时，把这两个孩子
　　　　　偷了出来，我因此和她结为夫妻；
　　　　　因为我无辜受到惩罚，才唆使她
　　　　　这么干；尽忠反而获罪才激我
　　　　　采取反叛之举。他们的失踪对于
　　　　　您的打击越沉重，就越能满足我
　　　　　偷窃他们的动机。可是，仁慈的陛下，
　　　　　我现在把您的两个儿子奉还，而我
　　　　　必须失去世界上两个最可爱的伴侣。
　　　　　愿天上的恩泽像雨露一样洒在
　　　　　他们头上，因为他们可以无愧地
　　　　　跻身于群星之间，点缀苍穹。
辛白林　　你一边说话，一边在流泪。
　　　　　你们三人所立的功劳比你所说的故事
　　　　　还要不可思议。我曾经失去我的孩子；
　　　　　如果这两个就是他们，我不知道如何
　　　　　还能盼望有一对更好的儿子。

贝拉律斯　请再听我讲一讲。

这位先生，我叫他波利多，

就是您最尊贵的王子，吉德律斯；

这位先生，我的卡德华，就是阿维古斯，

是您的小王子。陛下，当时他是被裹在

一件由他母后亲手缝制的精美斗篷里。

要是需要进一步的证明，

我可以拿出来呈给您看。

辛白林　吉德律斯的颈上

有一颗星形的血红色胎记；

那是一个不平凡的记号。

贝拉律斯　这正是他，

他的颈上依然保留着那个天然的标记。

明智的上天赋予他这一特征，

用意就是为了现在给他作证。

辛白林　啊！我成什么啦？

竟然是一胎生下三个孩子的母亲吗？

没有哪个母亲在分娩时像我这样欢喜。

愿你们有福，在奇异偏离各自的轨道后，

又重新回归本位照临下界！啊，伊诺贞！

你却因此失去一个王国。[1]

伊诺贞　不，父王，我已经因此获得

两个世界。啊！我的两个好哥哥，

我们不是又团聚了吗？啊，今后你们必须

承认我说的话最对。你们曾经称呼我弟弟，

1　王位本来将由伊诺贞继承，现在两位王子归来，自然就成为王位的顺位继承人。

　　　　　　　而我实际是你们的妹妹；我叫你们哥哥，

　　　　　　　你们果然就是哥哥。

辛白林　　你们以前遇见过吗？

阿维古斯　嗯，我的好父亲。

吉德律斯　初次见面就彼此相爱，

　　　　　　　一直到我们误以为他已去世。

考尼律斯　那是因为她服下王后的药。

辛白林　　啊，神奇的天性！

　　　　　　　什么时候我可以把这一切听完？

　　　　　　　你们这样粗枝大叶的叙述必有

　　　　　　　许多详细枝节，留待条分缕析，

　　　　　　　看个明白。你们曾在何处？怎么生活？

　　　　　　　你何时服侍这罗马俘虏？怎么和

　　　　　　　你的哥哥们分开？起初怎么相遇？为什么

　　　　　　　从宫中逃走？逃到何处？这一切，还有

　　　　　　　你们三位参加战斗的动机，以及我一时

　　　　　　　想不到的许多问题，还有其他一环

　　　　　　　套一环的附带事情，我都要问个明白。

　　　　　　　不过，此时此地不许我作冗长的询问。

　　　　　　　瞧，波塞摩斯把眼神锚在伊诺贞身上；

　　　　　　　而她的目光好似温情的闪电，挨个抛向

　　　　　　　他、两个哥哥、我，以及她的主人，

　　　　　　　到处播撒着快乐；每个人都相互

　　　　　　　交换着喜悦。让我们离开这里，

　　　　　　　到神殿里去点燃献祭的烟火吧。——

　　　　　　　（对贝拉律斯）你是我的兄弟，我从此都这样待你。

伊诺贞　　您也是我的父亲；幸亏您救助，

我才能看到这幸福的场面。

辛白林　　　大家都欢天喜地，除了那些
　　　　　　被捆绑的俘虏；让他们也高兴高兴吧，
　　　　　　因为我要他们分享我们的快乐。

伊诺贞　　　我的好主人，
　　　　　　我还要为你效劳。

卢修斯　　　祝你幸福！

辛白林　　　那个衣衫褴褛的士兵，
　　　　　　打仗奋不顾身；如果他也在这里就更好，
　　　　　　他会让本王的酬谢增光添彩。

波塞摩斯　　陛下，我就是
　　　　　　那个身穿破烂衣服和这三位勇士
　　　　　　并肩作战的士兵；当时我为达到目的，
　　　　　　不得不如此装扮。亚基莫，你说吧，
　　　　　　我就是他；我曾把你打倒在地，
　　　　　　差一点就结果了你的性命。

亚基莫　　　（跪地）我现在又被你打倒；
　　　　　　不过那时是你的武力把我打倒，现在是
　　　　　　我负疚的良心让我屈膝。我请求你，
　　　　　　拿去这条罪债累累的性命；可是先把
　　　　　　你的戒指拿去，还有这只手镯，它本
　　　　　　属于矢志不渝的最忠贞的公主。

波塞摩斯　　不要向我下跪。
　　　　　　我对你行使的权力便是饶恕你；
　　　　　　我对你施加的恶意便是原谅你。
　　　　　　活命吧，以后要善待他人。

辛白林　　　光明正大的判决！

我要从我女婿那里学会宽宏大量：

让所有俘虏得到赦免。

阿维古斯 你帮我们作战，先生，

好像你当时有意要做我们的兄弟；

我们很高兴你的确和我们情同手足。

波塞摩斯 我是你们的仆人，二位王子。

我的罗马大人，请叫你们的预言师来。

我睡觉的时候，仿佛看见朱庇特

骑鹰而降，出现在我面前，还有

我自己一家人的阴魂；等我醒来后，

发现在我胸口上有这么一个纸牒；

上面写的字句深奥难解，不知道

是什么意思。让他来展示他的本领，

代为解释一番吧。

卢修斯 费拉蒙努斯。

预言师 在此，大帅。

卢修斯 读一读，宣告其中的意思。

预言师 （念）"一头幼狮将于懵然无知、无意寻求之际，发现自己被一个天生尤物的温柔气息所包围；从一棵庄严的柏树砍下的枝条已经枯死多年，一旦复活，将重接旧株，再度发荣滋长；当此之时，波塞摩斯将结束苦难，不列颠将国运隆昌，永享太平富庶之福。"

莱奥那图斯，你就是那头幼狮；

你的名字的拼写恰好就是

莱奥-那图斯，意为狮子所生。——

（对辛白林）天生尤物的温柔气息，指您贞洁的女儿，

也就是我们所谓之 *mollis aer*；

　　　　　　　而 *mollis aer* 我们又称为 *mulier*；
　　　　　　　mulier 我想就是指这位最忠贞的妻子 [1]；
　　　　　　　她刚才恰如神谕所示，对你
　　　　　　　当面不相识，在无意寻求之际
　　　　　　　把你拥抱在她的温柔之中。

辛白林　　　这倒有几分相似。

预言师　　　庄严的柏树代表您，辛白林国王；
　　　　　　　您被砍下的枝条是指您的两个儿子；
　　　　　　　他们被贝拉律斯偷走，多少年来
　　　　　　　被认为已经死亡，如今又复活过来，
　　　　　　　与庄严的柏树重新结合，他们的后裔
　　　　　　　将给不列颠带来和平富庶。

辛白林　　　好，我现在
　　　　　　　就开始我们的和平。——卡尤斯·卢修斯，
　　　　　　　我们虽然是胜利者，却依然愿意归顺
　　　　　　　凯撒和罗马帝国；我答应继续缴纳
　　　　　　　我们一向的进贡，停止进贡都是由于
　　　　　　　邪恶王后的主张；上天不肯饶恕
　　　　　　　她的罪恶，已经把最严重的惩罚
　　　　　　　降在她们母子二人的身上。

预言师　　　上天施展手段安排
　　　　　　　这一次的和平。在这场
　　　　　　　血刃未干的战争开始之前，
　　　　　　　我向卢修斯说过的梦兆

1　拉丁文 *mollis aer* 意为"温柔的气息"，*mulier* 意为"女性"。此处为误解，因 *mollis aer* 与 *mulier* 虽形似，却并没有词源联系。

现在已经完全应验。
罗马的神鹰从南方到西方
振翅高飞而去，越来越小，
逐渐消失在阳光之中；这预兆着
我们尊贵的神鹰，威严的凯撒，
将和照耀西方的辉煌的辛白林
重修旧好。

辛白林　让我们赞美天神吧，
让我们祭坛的香烟袅袅上升，直达
他们的鼻孔。让我们向全国臣民宣告
和平的消息。让我们列队前进，
罗马和不列颠的旗帜友好地一起
迎风招展；让我们这样游行路德城，
在伟大的朱庇特的神殿里签订
我们的和约，并设宴庆祝。
向前进！从没有这样结束过战争，
染血的手未洗，就这样庆祝和平。　　　　　众人下